大话美食

delicious of dialogue

写给时间的 美味情书

言伊 著

吉林出版集团股份有限公司

图书在版编目（CIP）数据

大话美食：写给时间的美味情书 / 言伊著. -- 长春：吉林出版集团股份有限公司, 2018.7

ISBN 978-7-5581-5568-0

Ⅰ.①大… Ⅱ.①言… Ⅲ.①散文集－中国－当代

Ⅳ.①I267

中国版本图书馆CIP数据核字（2018）第149902号

大话美食——写给时间的美味情书

DAHUA MEISHI——XIEGEI SHIJIAN DE MEIWEI QINGSHU

著　　者：	言　伊
责任编辑：	王　平　史俊南
封面设计：	宗彦辉
出　　版：	吉林出版集团股份有限公司
发　　行：	吉林出版集团社科图书有限公司
电　　话：	0431-86012746
印　　刷：	三河市腾飞印务有限公司
开　　本：	880mm×1230mm　　1/32
字　　数：	148千字
印　　张：	7.25
版　　次：	2018年9月第1版
印　　次：	2018年9月第1次印刷
书　　号：	ISBN 978-7-5581-5568-0
定　　价：	42.00元

美食料理是一场对味蕾的献媚，随着麻辣鲜香的味感相互交错，谱出一曲唇舌绚烂的交响曲。

　　心情料理是一场对过往沉淀思绪的唤醒，随着酸甜苦咸的百感交集，奏出一曲意味悠长的岁月之歌。

　　我的一切美味回忆里，都是关于我所爱的你。回忆给予我的，除了美味，还有温暖。

这不是序

小时候

0岁：刚出生时，本小姐净重三斤二两，我老爸说，随便一个从我家跑出去的老鼠都比我重。把我妈悲哀的——怀我的时候伙食都没母老鼠的好。

0.5岁：我亲爱的妈妈初为人母的时候没接受过正规育儿培训，不懂得睡觉时要保持半清醒状态，她老人家一觉醒来时，我已躺在床前的尿盆上，我妈认为没摔坏是我太姥姥保佑，只有我爸知道那是因为我太轻，奶都没喝饱过，大概是让风给刮下床的。

1岁：居委会来登记新增人口数，我妈如实禀报："女孩，1岁。"话说那居委会大婶听后看了我几眼，然后一脸愤慨与鄙夷地走过来一把拉下我的裤子再一脸尴尬地离去。这个故事告诉人们，营养不良的小孩儿从表面上是看不出男女性别的。

因为被饿得太过了，所以，一旦蹦出乳牙后，便开始暴露我穷凶极恶的吃货本性。

2岁：我爸出远门，我与我妈跟着。在火车上被一对年轻情侣抱去玩，估摸也是拿我去消磨时间，没想却亏大发了，我不但吃完他们桌上所有能吃的东西，还尿了他们俩一身才回来。据我妈回忆，那姑娘是哭着让她把我给拽回来的。

以上片段皆由我爹娘转述，本小姐的惊人记忆从3岁才得以发挥。

3岁：我准是太可爱了，被人轮着抱不放手，然后没机会学走路，所以到学走路时，我都有记忆了。我也只能这样想，哪能由此暴露我可能是因为缺吃少喝钙量不足的真相呢。哎！妈呀！多说都是泪！

我老爹拿一颗什么，但肯定是我极爱吃的东西在一米远的地方坐着引诱我。这是在逼我学走路呢，于是我颤颤巍巍地站起来，再哆哆嗦嗦往前探着脚，一步一摇晃的，我觉得我身体太重，双腿太细小了，根本不足以撑起身体，脚一直在颤抖，酸得不行。

眼看着我老爸近在咫尺了，我趁势本想来个远距离飞扑，谁知刚一准备发力，脚一歪，整个人便如笨猫般往地下扑，当我离地面只有0.01毫米的千钧一发之际，我爸那雄鹰般敏捷的双手一把便捉住我两臂，借力使我重新站立，既然有了依靠，我哪还需要自力更生呢，如此，我便像只瘦猴似的整个人缩起来，两脚离地挂在我爸的手掌上，这下，除非我爸把我扔出去，不然休想我下地了。我妈说我好吃懒做的奸相简直与生俱来。

4岁：去动物园玩，看到小猴子吃完花生又吃香蕉，我觉得这个小孩子好开心哦，大家都那么喜欢它，为什么没见谁给我扔点东西呢？

4.5岁：老爸出差回来，带回两个大大的菠萝蜜，我招呼隔壁的小朋友来分享。凤姐儿大我两岁，只见她手脚并用，一会儿的工夫，就吃了一小脸盆核。临走前，对着我指着她吃完的那堆核说："我走了，让你妈把这些核给煮了，明天我再来吃。"我恭敬回她："好的。"当晚，我便把剩下的全给干光了，我觉得凤姐儿竟然比我还能吃，这让我压力太大。

在我堂叔权威的宣告声中，我被评为我们村最讲卫生的小朋友，评定的标准仅在于我吃饭从来不用手抓。是的，我才不用手呢，使勺子才能吃得又快又多好吧。

看卡通片《星仔找爸爸》时，我哭得一塌糊涂，觉得星仔太惨了，他爸爸不见了，以后谁还能出差回来给他带好吃的呢？真是好可怜！我娘误以为我被人打了。

我喜欢睡在靠里的床沿与墙壁之间，有一天，睡着后便顺着墙壁滑到床底的最深处，我爹娘找遍屋里屋外不见人影给吓坏了，我奶奶更拿了根竹竿要去露天的水塘打捞一下，最后还是我小姑心神最清，最懂我，她只仰天长啸喊了一句："有好吃的喽，谁要吃赶紧来了喂！"话音刚落，我便从梦中惊醒，然后自己滚了出来。

有一天做梦，梦到街角那家幼稚园有很多好吃的，想吃什么就拿什么。我想上学的任务可能就是每天去吃不同的东西，立马缠着我妈送我去报名。结果，当背着书包到那间堆满破板凳木桌子的小黑屋时，我想哭又不能哭的憋屈劲好久没缓过来。梦真的是反的！

5岁：为什么说"吃人嘴短，拿人手软"，其实还是有道理的。自从念了幼稚园，凤姐儿在我家美食的滋润下，替我洗了不少尿裤子。她运气也挺背，是我邻居，比我大，同一家幼稚园。我老在快下课的时候尿裤子，而我们回家的路上又必然得经过一条小河，她只有顺带把这些本属我妈范畴内的工作都给包了。每次见她好认真替我搓裤头的样子，我就有请她多吃些好东西的冲动。

6岁：我爷爷常常会在晚上设下天罗地网捉老鼠，每次都收获丰盛，我总能偷喝到他独家烹饪的老鼠鲜汤，美味清甜得不得了。我妈有次碰巧撞见了，提醒我不用这么狼吞虎咽的，这东西肯定没旁人敢跟我抢。

7岁：老家的厕所后面都有个大大的裸露粪池，有天放学后去厕所办大事，我拿了本刚借的连环画看图玩，具体是困了还是怎么，反正就这么掉进粪坑里面去了。我大喊之前在电视上学的"救命"，不一会儿，还真有人过来把我"救"了上去。继而，我被像赶鸭子般赶到村旁的小河里，再后来，我妈来了，我妈边哭边说不要我了，我倒是没哭。晚上她给我煮了白酒糯米饭，听说是消毒去菌的，我妈含着泪，我倒觉得很新鲜，吃得有滋有味，觉得又赚了。

冬天的时候，天气很干燥，很多同学嘴唇干裂，都冒血丝了，我一丁点事没有，嘴唇从来都是油亮油亮的，因为我天天买油条吃。

7.5岁：中秋节拿月饼出来拜月亮，10岁的堂哥告诉我月亮真的会吃月饼的，不信我可以闭上眼睛试试，我便闭上了眼睛，睁开后，发现我的那个月饼真的给月亮咬了一个大口子，才知道原来月亮也是有牙齿的。从此，拜月亮我再也没闭过眼。

我认为方便面是天下最美味的东西。等我长大有钱了一定会买一屋子囤起来慢慢品尝，必须把各种做法全尝遍了。

伯母生病住院了，我妈带着我买了一大袋水果去看她，看着她躺着一边打点滴一边悠闲地吃着苹果，我羡慕地对她说："伯母你就好了，可以生病，我都没生过病的。"这句话的后果引来我妈的一顿胖揍。

8岁：加入了少先队员，戴着红领巾，我觉得我从此是党的人了，以后不能做给党抹黑的事了，比如吃东西一定得吐皮，不可以跟人抢，要抢便要抢大的，要勇敢，要坚强。

8.5岁：我爸出差一周后，我妈问我想不想他，我说不想；半个月后又问我，我说要不买好吃的回来我不想；一个月后再问我，我说不买好吃的回来我也想；一个半月后，我爸回来了，我盯着他看了许久，流着眼泪就是不喊他。第一次发现自己是有良心的，好吃的在我心目中其实也没有我爸重要。

9岁：我们语文老师除了兼任我们班主任外，还是一个大老板，他在校门口把那些杂货零食摊都给承包了。自从上了四年级，我便觉得我的命运开始走下坡路了，有钱没处花的感觉简直糟糕透了。

自习课上，住镇上最高楼、家里还有很多张一百元钱的男同学，一脸神秘地跟大伙分享在周末的时候他爸爸带他去看了火车的轨道，可长可长了。我听了，心里那个得意没法形容，我火车上的盒饭都不知道吃过多少回了，可好吃可好吃了。

我常常蹲在门前的矮墙脚下，望着小路弯弯的尽头，想象着哪天我收拾一个包袱去流浪，沿着汽车的前方，一直走，一直走，过了若干年后再回来。我想，到那个时候，我应该已经吃遍全世界的美食了吧。

9.5岁：追看香港武侠电视剧，很兴奋，为了配合自己侠女的幻想，我在后背绑一毛巾，找了一棵下面有小草垛的大树，爬上去跳下来地练轻功。我还自制了干粮，一种用剩饭搓圆成型的饭团物状，用塑料杯兜着挂胸前，玩累了便吃一个，感觉潇洒极了。

有一阵很流行在地上拍纸画，我把全村小孩的纸画赢了大半，手都拍肿了。我娘见我整个人像拖把一样脏，气急败坏地把我2000多张劳动成果付之一炬。好可惜，多浪费，这么些，都够我去计划一顿野炊的柴火了。

10岁：我捉了一窝刚出生的小老鼠，粉嫩粉嫩的小家伙，尚未睁眼，为了不伤着它们，我捧着它们放到米缸里养着。我老娘发现后，拿了个藤条追了我三千米。我不解，至于那么生气吗，我又还没跟人说我养大它们是想烤肉吃的。

11岁：跟小伙伴们去粘知了，途中每人试吃了一只烧熟的，回家跟我妈显摆，今天吃虫子了，好厉害的样子。我妈听着直想哭，她真不知自己生了个什么玩意。

12岁：叛逆期，我娘让我扫扫地，我说不；我娘让我刷刷碗，我说不。我娘仰天咆哮："生你来是干什么的呢？你能不能告诉我你有什么用处？"我大言不惭、理直气壮回怼她："帮你吃饭的呀。"

13岁：照镜子时，忽然感觉自己长得真巧，刚刚好，要是鼻子再往上拱，或者嘴角稍歪，眼眉略垮我都没法见人了。

看到电视上抹了口红的漂亮女人，我拿了根红辣椒，对着镜子假想它是口红的架势抹了起来，完事后，一点不浪费塞到嘴里嚼。顷刻，我的嘴唇肿得如猪唇，我辣，我热，我难受，我不能让人知道，我得捂着，我不能声张，不能哭，我得忍着，让这辣椒给闷声咬的，有苦难言。

14岁：无肉不欢，我妈告诫说爱吃肉的女孩子会特别难嫁的。同桌被男同学们追捧为校花，每天都能收到匿名的情书，每次见她眼角都不抬一下就把信撕得如同雪花状，那个潇洒很让我羡慕。心里暗自嘀咕着，我没有人追难道真是因为我爱吃肉的缘故吗？

15岁：终于收到人生中第一封情书了，在众人惊诧的目光中，我一点不关注写信的人是谁，心中有块大石终于落了地——事实总算是证明爱吃肉也不会影响人进步的。

从此，更是变本加厉在吃货这条康庄大道上一路凯歌高奏……

这才是序

大话美食

如果你想说，那个在厨房里面瞎倒腾的我是个沽名钓誉的人，这我是不答应的，我最多只承认自己是个顾名思义的人。

身为一个家庭主妇，我的确不太合格，对于生鲜食材的科学料理并不擅长，最大的成就便是按图索骥把一只鸡从活的弄成基本熟，并装盘为白切鸡。抱歉，钝挫的刀锋把肉块砍得支离破碎；抱歉，断裂的骨髓处血红骇人。我会试着告诉你们，我娘好像说了，生鸡熟鸭火候正好。

但我说我爱做菜，你能相信并明白吗？对此，我一直很虔诚。只是上帝一直没把我的祷告当成真的，他们都以为我的内心与我的手艺一样随便。

真不是。

我关注一切印制优良的食谱，厨房整齐的用具陈设，精美质感的餐具，颜色缤纷的鲜香蔬果，书本上料理的过程我都一一仔细研读过。但是，虽然我这么努力用心，还是没能做好也是真的。我想这跟天赋有关，天赋这种东西不可造作，不可逆转，还不可强求，总不能太怪我了吧。

有一段时间我很热衷跟他爹学酿葡萄酒，是因为我实在不能喝在外面买的葡萄酒，我的味蕾根本无法辨识那里面除了酸就是涩的其他味道。他们说，口感馥郁，层次分明，果香绕齿。看看我喝出来的都是些什么玩意，同样是人，品位就是这么泾渭分明。又因我特别想体验到电影中和书本里主人公们摇晃着高脚酒杯，独坐窗前轻抿美酒时的意味悠长，所以我要自救。买一筐童叟无欺的大颗粒巨峰甜葡萄，放很多很多的果肉，加很多很多的糖。这下好了，百无聊赖时我也能发挥下演技了，怎么演都不过分，因为，这酒是真的甜。

我信服一切有知识的行为，譬如，写字前焚香净手，态度在，才能下笔传神。而各式私房菜得以神一般的存在，我猜精髓也在此。

那日，预定一家窥视已久的台湾小馆，对方言简意赅地说："对不起，预订请至少提前一天，我们是限量供应的。"

"哦，那请问现在预定明天的可以吗？"我似乎是个突兀的冒犯者，赔着小声。

"对不起，明天的已经满了，后天可以吗？"对方礼貌而职业。

"哦，好，那就后天中午吧，三人餐。"我担心人反悔般赶紧确认下来。

第三天，在一个市郊的老旧院落里，一座小型园艺小馆平地而起，整座餐厅皆由竹子与各式藤蔓搭建而成，精致，轻巧，每个隔断似有似无，若近又远，能隐约借听旁桌，又恰到好处保证自己的私隐。古朴的桃木桌上有个DIY的花色硬卡纸，上面龙飞凤舞地写着我的名字，尊崇感顿生。想着前日的低声下气，由此看来还是有点价值的。

上菜缓慢，每道菜之间分隔很久，但每一道上来，主人家都会从旁介绍，分享食材的出处、配比的心得、属性、烹饪工序、创意来源、养生及疗效。不紧不慢，娓娓道来，一切都是有迹可循，有理可依。

后来得知，这个小馆就是老板自己从无到有一手搭建的，食物饮品有机天然，主厨只有一个，老板娘是也。

姑且不论真伪，我想体验的也只是这个态度而已。亲力亲为的耐性很重要，它能通过触感传递食物独一无二的灵魂。

像我做的包子也是有灵魂的，虽然它们恰似主人形，形状都随意了点。

一捧面团在我的手上，经过捶、搓、揉、捏、拍、摁、打。最后，包子们出炉了，它们一个个都似新生的精灵，这个嘴巴歪了，那个眉眼皱了，这个胳膊短了，那个小腿长了。没关系的，你再认真点看，是不是歪着嘴的也白胖可人，汤汁欲滴？青葱的香菜、灌汤的肉泥，夹杂微辣的生姜末，你能说，你还那么在意它长得不够完美吗？美与味，在乎情怀而已。

料理其实就是一场对味蕾的献媚，随着香辛甜辣咸的味感相辉交错，谱出的一曲唇舌绚烂的交响曲。

继续厨房里面的锅碗瓢盆，继续满足口欲之欢，即便那些多余的胆固醇会在我年老体衰时再温柔地报复。因为生活就该人间烟火、活色生香，自己做的，自己爱的，再怎么卖相狰狞，终归也是心满意足的。

我想这便是我要出一本关于吃的书的初衷，论美食之旧时光，很扯，却也很下饭。

目 录

第二章　更上瘾——吃相若是难看，那味道定是深入人心的

第三章　好快乐——美味是一种执念，我坚持，你随意

第四章 真美味——选一种姿态，让自己吃得欢喜自在

第一章

最乡思——最好的时光是回不去的时光

插画：邱文茵

絮絮叨叨鸡爪子

旁人说，我长了一双纤长的手，适合弹钢琴。但我自己知道，弹棉花我会更有把握一些。在秋日的慵懒里，我常常把双手举过头顶。跟人说我讨厌带阳伞，其实我是别有用心地想用紫外线烤烤我的手，因为在青天白日下，这像一双封存久远泡椒凤爪似的手，白得骇人，我喜欢古铜色的肌肤，就如我喜欢酱香色鸡爪子一样，看着就能让人眼馋、动心。

我爱吃鸡爪子这个缘头可以追溯至幼年时，那是让我老娘给影响的。她有一副铁齿铜牙，咬起骨头来，霍霍生风咯吱作响。我曾一度怀疑她是不是我老爹讲的故事里头的食人族一类，她一直伪装在人间，因为当了我娘，所以不得不转性为好人，只得啃啃鸡骨头来消解恨意。而我作为一个小怪物，得以在形体上为人，但口味上嗜骨如命，这也不难理解了。

鸡爪子在我的童年里的地位是举足轻重，我是啃着它长大的。

20世纪80年代末的乡村物质匮乏，还都处于刚解决温饱的阶段，吃肉是个稀罕事，吃鸡就更难得了，必须过大节才会开个荤。那些一家几代同堂、兄弟姐妹众多的，即便是见了荤也只能是浅尝辄止，撇开幼小吃的鸡腿肉、年迈吃的鸡胸肉，所剩的残骨碎肉里边鸡爪子就成了最受欢迎的物件了。

通常是我的小伙伴们一人一只鸡爪子，高举过脑袋，村头巷尾成群结队地追逐、嬉戏，玩闹的间隙再停下来认真小心地咬上一口，吃在嘴里，满足在眼里。

我属于跟风夺属于我娘口粮的人，因为她吃得实在是太香了，也因为我的小伙伴们都在吃。

吃鸡爪的精髓全在一个"嚼"字，小的时候的我还不懂这个，只会吮其味。抓着个腿骨就往嘴里捅，还得彼此顾及着，因为刚出炒锅，那上了酱香色的汤汁正顺着手腕蜿蜒流淌呢。我是个食味道还讲卫生的小朋友，我得都给它打扫干净，听着别人咀嚼得嘎嘎作响，我毫不示弱舔得咂咂作响。

年少时，我的小伙伴也有那么些智商了，不再毫无名堂地疯跑、瞎追了，开始会举着鸡爪子凑上一堆，悄声说些从大人们口中听来的怪力乱神，若有所思时再仔细咬上一口，嚼在嘴里，神秘在眼里。

这个时候我还不是一个热爱思考的孩子，凡事慢半拍，还没到达能嚼的境界，我只会啃，自觉骨肉分离的啃功了得，用我的蛀牙，蝗虫般的速度，上上下下里里外外走上一个来回，一具脚骷髅就现形了，如果不是我娘不待见我这艺术成品，我想我现在兴许都研究上考古了，这么小的一个脚爪啃得这么完整，这不是天赋吗？是普通人能办得到的吗？

在我找到吃骨头真正的乐趣后，我对我娘那是相当的崇拜。在嚼骨头这件事情上，她当之无愧是英雄。若以体积算，我啃完的爪子是顶天立地宁折不弯的。而我娘的呢，鸡爪经她细细嚼完，你要不仔细辨认侦查，根本发现不了这就是案发现场，形同粉末四散。要搁在江湖风雨的年代，我娘这牙口指定能助她称霸一方，让人闻风丧胆。现在只能用来啃鸡爪，多少是可惜了这身好技艺。

待我再长大些，牙口好了些，开始能跟小伙伴们边聊天边切磋武艺了，良性的竞技使我从望尘莫及渐渐发展到可以并肩而论。在我的技艺彻底超越他们后，我总算是长大成才了，也总算知道自己是个挺能废话的孩子，没那么些个废话是不足以支撑细嚼慢咽下的残渣碎末的。

我娘也废话多，还偶与我话痨惜话痨，我俩总会在逢年过节的汤足饭饱后，一人一只爪子，对啃话痨三百句。

一般是我娘起的头，她的思维比较跳跃，内容比较广泛。如三叔公家的狗崽子昨儿跟生人跑了；二婶婆家的猪拱了大伯娘家的红薯地；村北角住着的那个吊眼胡老五怎么就突然发了呢。

其实这些她是对着我向我老爹唠的，但一点也不妨碍我对这些事件的投入与理解。我像识文断事的老太公一般公正又严明，说那狗崽子肯定会自己找回来的，人家不傻，走的时候懂得在每个关键节点留个尿什么的；红薯那玩意吃了就吃了，种了不就是给猪吃的吗，到时猪宰了再还人大伯娘家一点肉就行；发财啊命中注定的，咱们家该发时也得发，挡都挡不住。我的智商总在啃鸡爪的空当前饱满。

当然，也有蔫了吧唧的时候，那是我娘又跳跃频道说起谁谁家的孩子多么厉害的时候，六姑家大女儿考上了市重点；七姨家小儿子年年期末都拿第一，奖状糊满了一屋，看着就暖和；那花姐家那二妹子画画咋能那么好呢，像真景似的。这会，我可就没别的说了。所幸，这种状况不太多，因为总不能天天有节过，时时有鸡爪啃，再者，大概这种消极的事说多了我娘自己也觉得闹心，随之也掩耳盗铃了。

总而言之，餐桌上鸡零狗碎的闲适还是给我留下了意味悠长的记忆。

成年工作后，吃鸡爪子再也不像往年那么难得了。平常日子里，花个十块八块在生宰档口走一圈，七八个鸡爪便可落袋了，回去烹、焖、卤、煮，想怎么吃就怎么做。随着生活条件的改善，麻辣鲜香的调料与烹饪创意层出不穷，但再怎么变，我也还是喜欢那个生炒酱香的味。

鸡爪洗净，凉水入锅，上鸡爪煮至断生，捞起沥干。少油，放入鸡爪翻炒，放生抽、老抽、糖、盐少许，略放水加盖焖五分钟，掀盖加放大蒜苗同炒，大火收汁，起锅。操作简单，平实无华，却也同样的浓香扑鼻、美味诱人。

但我很少再吃这个味了，因为要顾及自身家庭成员的饮食差异，也因为是材料轻易可得，便少了那份迫不及待的期盼。或说，是因为餐桌上没了切磋的对手，也少了那份把爪话家常的热闹。再美味的东西，一个人啃，还是有几分寂寞。

现在吃这个更多是因为减肥，怕嘴巴太闲摄入热量过多，怕减重过度，把皮肤皱成干瘪的钱袋，吃点经济实惠的胶原蛋白有自我镇静压惊的作用。不过，啃与嚼这两动作基本是使不上了，念及家里尚有年幼小儿与六旬老人，火候总要慢吞悠长些，到了上桌，都入口即化了。

今年"五一"回了趟老家，老娘如往常一样鸡鸭款待伺候着。用餐到尾声，我习惯性夹了只爪子到碗里，同时用眼睛招呼着我娘开始吧，但她迟迟不接我邀约的眼神。这等谦让不像她"食人族"卧底的作风，我一个瞪眼，敞亮地问："怎么？您不爱吃啦？"

"嗯，你喜欢，多吃点。"她有些刻意地装作若无其事，"我的牙齿，这两年咬不了了。"继而很快转移了话题。

我心忽地顿了一下，缓了半天，才开始慢慢接受我娘真的存在变老的可能性，她的视力其实也不太好了，偶有缝缝补补都要戴上老花镜了。我亦为人妻母，却总选择性遗忘我娘变老的事实。

时光像细沙，岁月如流水，过去，竟一去便再不复返了，真就成了回忆。

我独自低头细嚼，在熟悉的嘎吱作响里记起我娘年轻时生动的容颜来，那也是位美人呢。

心灵鸡汤

我在刚上中学的时候，曾按杂志的广告推荐地址邮购过一本《心灵鸡汤》，黑白的内页印刷像素模糊，我仅能看清示意图案上的标题。费神半天也没搞清心灵与鸡汤的相关性，但因我实在是喜欢吃鸡也爱喝汤，所以懵懂间还是汇了15块钱买了一本，能给我妈做饭时提点建设性意见也是好的。

结果当然是大失所望的，因为整本书上连个鸡字都没有看到，跟鸡真是半毛钱关系也没有，通篇的小短文全在讲爱与情，如何爱得博大深沉，如何活得充满激情，如何追求梦想与憧憬等大而虚空的教条。对于一个奔着吃来的人，你跟我讲爱，这无疑是画饼充饥的欺诈，加之我天生就不是个多么严肃的人，只要一听正儿八经地说道，整个人便不好了。所以，那本"食谱"就此压了箱底，直至喂了老鼠我也没有再翻过一页。

其实即便真是本食谱，我给我妈提意见了，想必也是收效甚微的。我妈是个固执的完美主义者，缺乏文化是她的硬伤，然而她又很有追求，这常把她的短板推至无人能及的巅峰。

只要看到我们小脸蜡黄，小身板蔫儿了，我妈便会自觉给我们煮汤喝，不过是按她的方法煮。在她的心里，能称为汤的东西必须是鸡汤，鸡汤里面的鸡就该用来白切，留下里面的汤一定要好看的。凉水入锅时，必须得放香菇、干蚝、红白萝卜、腐竹等，与光鸡同煮。这些材料都气味浮夸，只需15分钟后，开锅给鸡翻个身就能浓香扑鼻了。不过，也只有香味了，因为鸡不能久煮，在九成熟时便需要捞起装盘白切，剩下一锅花花绿绿的底锅，图了个漂亮。

在我年少时，倒也不觉得这个味有多寡淡，因为油腥本来就少，总是有些鸡味，我妈的花哨技巧也为她谋得了家庭好主妇的美称。或说，她也是实至名归的，只是她的重点全在鸡上了，她的刀功极好，一只原本立体的鸡，在她的砍、剁、割、切下便成了一只平面的鸡，肉块完整，肢体齐全，再让她弄点菜花和萝卜丝点缀一下，栩栩如生了。

人家《心灵鸡汤》上讲过，一个人走得太远了，便会忘记他原本出发时的初衷是什么。我妈便是这样，那料理鸡的技术太光芒，便忘了当初的目的只是为了煮锅汤而已。

在她开始关注汤的内涵质量是生活条件好了之后，为了使汤味更浓郁鲜甜，和鸡一同煮的除了例行汤料，还要加八两瘦肉一斤排骨什么的，这会儿，她又开始走极端，嘱咐肉是为了入味的，吃不吃没关系，多喝汤就好。

在我成家后，会自己煮鸡汤了，买来半只老母鸡，加入红枣、枸杞、黄芪、当归、党参及姜片，先旺火烧开，再文火慢炖两小时，调味上桌，汤色也清亮，甘香诱人。我妈微服下访时也喝过一次，皱着眉头说不行，这哪里有鸡的鲜甜味啊，不知道的人还以为在喝红薯汤，她交代我必须得放大料，最好是加块大筒骨再加些小干鲍才行。只是这么多配料大咖，还好意思叫鸡汤吗？

听说现在市场上人工饲养的鸡三个月为成熟期，我妈那未被太多化学垃圾开发过的味蕾能就此吃出红薯味也是有可能的。这没有鸡味也不是鸡的错，是急功近利的人心与巨大市场需求惹的祸。没有心，就难以有味。

去年的春节，返乡回了他爹的老家，除夕的前一天邻居家送来一只两斤左右的芦花土鸡，他爹给我扫盲，说这是自家母鸡孵的小鸡，养了整整一年，真正是吃虫子长大的土鸡。哦，真是一方水土养一方鸡呢，我老家那些土鸡长得威武雄壮，夸张点说，小点的娃娃还能坐上去骑一会，这边的养了一年还是小鸡仔样的，看着就生活困难。

跟我妈电话时，不出所料被问起这边生活条件怎么样。我扯着嗓子挺浮夸地说条件也一般，他们家的鸡也不大，就六七斤重的样子。我妈那头一听，心里便踏实了，让我没事别找茬，有肉吃就行了。在她眼里，鸡的大小可是断定主人家生活好坏的唯一标准。可不敢说真话了，不然光是形容这个鸡的鹌鹑样都够她伤心一个春节了。

除夕那天，按当地风俗祭拜过祖先后就开始准备年夜饭了，我家奶奶轻车熟路地把那只小土鸡给宰了，收拾干净后它就更小了，没几两肉的样子让奶奶细细剁成了若干小块，然后放入一手掌高两拳头宽的钝圆小铁罐里，加满水，略放盐，便推进灶炉里面。码柴起火，上面该做什么做什么，任铁罐在灶膛怒火中烧。起初我还挺心惊，往灶炉里探了好几眼，看看这炮弹样式的小铁罐别给炸了，不禁也佩服能发明这样煮东西的器物的人，大概得有山顶洞人的智商才行吧。

年夜是很忙碌的，各式大菜、小菜、炸菜、拌菜均在一个大铁锅上完成，年夜又是很单调的，因为那些菜全都是为明天大年初一宴客准备的，今晚只吃鸡汤面。一轮手忙脚乱后，两三小时眨眼的工夫，鸡汤终于要揭锅了。

罐口开启后，满屋溢香，好根正苗红的鸡汤，果真是原汁原味。奶奶把汤倒在铁锅里，旺火再烧开，下细细的手工挂面，加盖焖煮五分钟，调味，起锅。

有些东西，光大是没用的，也许有时候浓缩才更显精华，比如这一小锅土鸡汤。

窗外寒风凛冽，鹅毛大雪纷飞，屋内炉火融融，空气中弥漫着迷人的肉香，我们穿着厚厚的棉衣，蹲在灶前吸溜着面条，颜色鲜亮且腻厚的浓汤，肉汁四溢的鸡块，挂面软嫩滑爽，入口即化，汤汤水水口感饱满，咀嚼吞咽酣畅淋漓，实在让人回味悠长。

在我人生中第一个冷清寂寥的春节里，唯有这一碗鸡汤暖了我的心。

所谓"大音希声，大象无形"，奶奶这个毫无厨艺的人总算闪耀了一把，因为鸡汤原始的质感就足够光芒万丈了。

对我有所启发的是，在别人高谈阔论她的名包两万时，我也敢洋洋得意地伸出一只脚，展示我基本款的回力布鞋不过二十元了。

插画：邱文茵

爸爸的私房菜

我的老爹在我心目中是一名合格的厨子。

厨子这个活原本是我妈的分内事，只因我老爹是个好吃之人，时不时总要忍不住露一手。虽然常常这么一露便捉襟见肘，但也夯实了他那神一般的手艺，出类拔萃得让人过目难忘。

是够难忘的，光看卖相一般人是不敢上桌的。记得有一次家里来亲戚，他买菜回来又自告奋勇要表现。待他的锅焖酸辣鱼、鸳鸯嫩豆腐相继出锅后，客人往盘里瞟了那么一眼便赶忙起身要道别，借口说家里有事饭就不吃了。我妈不知缘由，说什么都要摁住人家，不得已客人一脸尴尬地落座，极忐忑地下了筷子，虽然结果是愉快的，客人也如我们一般对这几道相貌惊人的菜肴给予了肯定的回应，但那只敢半睁眼品尝的惊险还是让客人心有余悸。

我爸那潮爆了的厨艺在当今只能用重口味来形容。锅焖酸辣鱼的做法是这样的：新鲜草鱼拾掇好，放热锅冷油里煎至微黄，番茄酱半瓶，辣椒酱小半瓶，葱姜蒜一起再一锅焖到软烂入味，装盘起锅。放眼望去，黄澄澄红彤彤的一盘混沌，鱼早让酸辣汁给淹没在盘底，必须费劲打捞才看得见踪影。至于鸳鸯豆腐就简单许多，只需用新鲜豆腐焯了水后，再浇上热油与调拌好的酱汁即可，因为他不讲究形式，所以被随意颠碎的细白豆腐脑上再大刀阔斧地给拌上黑乎乎的酱料，卖相要多难看就有多难看。但因他的火候与调料掌握得均衡，所以在视觉上的绝望是可以通过味觉上起死回生的，待酒足饭饱满桌狼藉时再去计较他出品的卖相时也是不太好意思的，所以我们这些吃人嘴软的人从来都是自插双目放弃审美。

在人类的择偶婚恋上，确实存在泥瓶配瓦盖性格互补这回事。我妈是个精细造作的人，我爸粗犷放任也就顺理成章了，通常不拘小节的人创造力都是惊人的，在儿时关于美味的记忆中，所有的惊喜与满足都与我爸有关，我妈的存在基本就起衬托作用。

我妈说鸡蛋可不能吃多了，吃多了眼睛会发黄的，多可怕啊。所以，她给我们做的鸡蛋粥或鸡蛋汤都是连蛋影都看不见的，按这么个吃法日久天长的，我们的眼睛是不会黄了，只会发绿了。

趁我妈走亲戚，我爸买了两斤鸡蛋回来，水煮去壳，蛋白切花红烧入味，一夹一整个，唇齿溢香，满口精华。一屋姐弟几个，肚尖儿溜溜，吃得那个幸福快哉。

我妈又说，豆饼煎着吃太热气了，小心嗓门要冒火的。为了我们的健康，她把切好的豆饼往炒锅上一倒，油还没沾均匀就开始往盘上回捞了，无色无味的那个劲哟，肚子都骗不了，吃了跟没吃似的。

在我老爹客串伙夫时，这个豆饼也是个美味到人神共愤的吃食。做法也不高深，大体就是舍得放油就对了。

豆饼切块，冷油下锅，微火慢煎，待双面都呈焦黄的时候便可以撒盐出锅了。这有多好吃只有品尝过的人才知道，对旁人只可眨眼示意无法言传表达。私底下我还有个自创的吃法，先把焦黄的豆饼咬开一个小口，把里面的香滑内容吸食出来后，再一点一点地撕咬品尝那块外皮，焦香味美的劲，实在是堪比美利坚合众国出品的炸薯饼啊。也试过把精华留到最后却失手掉了让狗给叼了的，那个时候，我咬狗的心都有啊。

我爸的饮食智慧主要体现在他的作风阔绰及对作品的创新精神上。

一次出差他带回了一袋子板栗，早年南方的乡下是没见过这玩意的，生硬的外壳被我用石头砸开了几个，试了试味，不好吃。我妈决定用来煮着吃肯定没错，我爸建议试试用火烤着吃，说完他抓了一把就丢进了正在烧饭的火膛内，随着一阵低沉错落的噼啪声后，板栗从炉火中被扒出来，沿着中间那个黝黑的爆裂纹，一掰，"啪"，一个澄黄亮晶的果仁跃然于眼前，往嘴边一送，温热之下的甘香、软糯，吃得眼睛都舍不得眨一下，实在太让人无穷回味了。

吃过有小脑袋瓜般大的红富士苹果，红彤彤、粉扑扑的，不大好吃却很好看，我爸说贵价货，买来就是让我们看个新鲜样式。

我还吃过活蹦乱跳的八爪鱼，煮熟的，在我爸的激情讲演下它活了，我放进嘴里时，它好像就这么新鲜生猛，在我嘴巴乱窜的印象一直到现在还记忆犹新，其实就是个心理暗示，却在我的脑海里占有一席之地，信以为真。

每每外出办事，我爸总习惯要顺手带回一个菜，或是一条鲜活的鱼，或是一块肉，又或者是半只鸡鸭。有一次，带回了一个大货，那是一只大乌龟，确切来讲是长得像一只乌龟的某种海洋生物。听我妈那晚上唠叨不断，就知道他肯定是上当受骗让人给蒙了，大概是想要弄只乌龟却买回了一只连土鳖都不是的旁系物种。这个冒牌的乌龟肚子里全都是蛋，比鱼卵大些，黑红黑红的，我妈掏了半天，装了满满一大锅，连续一个星期，我们常常是一人一个碗，里面装的全是我爸做的生炒乌龟蛋，就这么细嚼慢咽着，至今还能想起那个劲爆味，和咬酸了的半边脸。

在美食界，我老爹就是超人奥特曼，无人能敌，光芒万丈。

哲人说，人的一生什么东西都是定量的，用完了就没有了。我想可能是这样，在我爸的前半生里，他为吃孜孜以求，不计后果地用美食讨好自己，以致今日患上了高血糖这个富贵病。虽说他天性乐观，至今吃穿用度照样不少，但很多东西已是力不从心，只是他不提，我便不问。

今年春节我带了本书回去，很浮夸地告诉他这是我写的，他满含骄傲地戴上老花镜一字一句地细读了几页，然后费劲地放下书，略不自然地笑道："现在的书都越来越深奥了呢！"

我想他肯定是在埋汰我，那个儿时给我出神入化讲故事，带我五花八门搜书看的人，竟然说我写的文字他看不太懂！我才不会承认，我的老爹在岁月的四季更替中慢慢变老了。

当回忆照进现实时，人的一生一晃就走过了一半，人生还没开始感受到辉煌，便像根还没咋用便短得只剩下一截的铅笔，唯有揣着抓不牢靠的拘谨忐忑前行。

我想我再长大，在他身边也还是那么小，那么的小。

我想我再长大，也还是会怀念属于他出品的那个味。

爱在深处的芝麻饼

　　他爹晚上下班回来是有常规动作的，第一件事便要进房看一眼稻子，摸摸头，拉拉被子什么的。

　　有一天，他很认真地问我："你有吃过芝麻饼吗？"

　　我一听这名，顿感一阵晕眩，密集恐惧症又要犯了。

　　他无视我一脸弱智，正经抒情道："我每天回来总要去看一下稻子，我这样做的时候总会不由自主想起儿时我爸对我的感觉。"

　　"你是为了想起你爸才要进去摸稻子的吗？"

　　"神经，这叫真情流露懂不懂？我爸那时老给我带芝麻饼回来，我常常满心期待地盼着他。"

　　"哦，那你是为了芝麻饼才摸稻子的。"我恍然大悟。

　　"脑子不好使就先吃点脑白金，这叫父子情深懂不懂？给个题材，你写篇作文吧，标题我都想好了，就叫'爱在深处的芝麻饼'。"

"你跟父亲的故事？"

"嗯，是要有历史厚重感的，你知道我的要求，需类似莫言《红高粱》的那种深度。"

"不就一个芝麻饼的事吗？"

"这就一个芝麻饼的事吗？"他着急跳脚。

"就一个芝麻饼的事。"

这是他爹第一次跟我提芝麻饼的事，说得很随意，却为难了我，但因他是个极不爱吃零食的人，我知道这个绝非寻常意义，又因我与我的公公确实没有交集，在他老人家驾鹤西去那年见到的还是自己儿子的前前任女友，以致我明媒正娶嫁进来后，他老人家想托梦而来给我立个家规啥的也寻不着个线索了。

那么，我也只能对着照片展开想象，开始这个"感人"的故事了。

父亲是个健朗威严的人，脾性耿直，处事稳重，受人尊敬。膝下有两儿一女，虽然不苟言笑却为儿女一生操劳尽瘁，在儿女们心目中是个称职的好父亲。

哥哥勤恳踏实，深得长辈欢心，备受器重，在长子为大的传统观念下，一切吃喝用度优先于他。姐姐个性强硬，敏感兼固执，凡事按自己兴致来，万事不管。弟弟长了个猴精样，给养得像个小孙子似的，衣服破烂，吃喝凑合，哥哥不带玩姐姐不搭理的，有个亲娘还不做饭，天天爱跟在年过八旬的老奶奶屁股后边，蹭点干饭饼渣填填肚子。到底能长大可能还跟那芝麻饼有点关系。

父亲是家里的顶梁柱，还是村里的一个大官——生产大队的队长，大事做主，小事模糊。他只管每天雷打不动地出工，家里细枝末节交由母亲打理。母亲是个勤俭的妇人，经过闹饥荒的年代，能省一勺是一勺。至今家里没出过一个胖子，大概都是那时修炼出来的。

父亲是个能干的人，土地改制后，他成了村里第一个包工头，拉亲帮疏地把泥瓦匠们集结起来给人盖房子，因技术过硬，诚信待人，在十里八乡均有很高的名望。那时候建房子有很多民俗迷信，其中有一道程序会在房屋封顶时，匠人们站房梁上往四下丢食物，用一些寻常少见的糖果点心招引孩童过来哄抢，示意主人家繁荣吉祥之意。处于那个缺吃少喝的年月，在这些糖果饼干中，芝麻饼当属硬货中的硬货了，那一块块镶满芝麻颗粒的香脆薄饼，一般往下撒的数量是不多的，主人家早已悄悄备下留给卖力的匠人们，父亲盛情难却，必会带一大包各类礼品回来。

心理学上说，人格的发展与儿童早期的经历有很大的关系，弟弟长大后没能发达成大款，不知是不是跟童年时的那些悲伤的故事有关。不过，他倒没有大的心理缺陷，可能这也得归功于那些芝麻饼。

弟弟不是个识时务的人，按说奶奶不疼姥姥不爱的就得自个儿保重自力更生了吧？他却矫情得很，有碗清粥喝时你就赶紧喝个囫囵，再加几块红薯垫吧垫吧呗，他偏不，非要吃干蒸米饭配青菜不可，求食不得便怔怔瞪着那因长年饥饿发泡的青蛙眼，以示绝食。经他这么一威胁，大伙抢得就更欢了，不消一会儿，米汤都不剩一滴了。

就在这么青黄不接奄奄一息之际，父亲的那个芝麻饼犹如天赐圣物，点中他的天灵穴，把他唤回了人间。

他永远记得初蒙恩泽的那个晚上。父亲回来时的脚步声疲惫如常，即便如此，父亲还是一如既往摸黑进来，粗糙宽厚的手习惯性地摸了摸他的脑袋，与平日不同的是，今天父亲轻轻在枕边放下一个油纸包后再转身出去。

装睡中的他迅速反手一摸，纸包棱角分明，焦香扑鼻。从此，让人垂涎欲滴的芝麻饼便不定时地从天而降滋补着他的筋骨，温暖着他的心房。

父亲终日忙碌隔三岔五才能见上一面，唠上句嗑已属难得，母亲家里家外两相顾及，细碎也粗放，儿女们在他们的眼中心里终归是安然成长了。

小孩儿的委屈都在心里。

在哥哥早早被托送参加工作后，原想弟弟的日子总算能苦尽甘来些，没料却是更苦了。以前还能捡着件衣服穿穿，分个半碗羹汤的，这会彻底没了。重点培养对象不在家，父母亲都不用费旁的这些心思了。

那年，弟弟高烧不退，连着腾云驾雾的几天竟没人察觉，后来也不知是怎么好的，记忆中就没有看过医生的经历。多年后再说起这事，母亲从旁听见，笑得很天真，说怎么可能会发烧，他小时候的身体可是好得很呢，胖胖的可招人疼了。弟弟说那是虚得水肿吧。

父亲去世后，弟弟很怀念，常说幸好有父亲，否则哪能有书念，现在还得在家捡牛粪了。我听了暗自松了口大气。确实，不然咧，搁如今连牛都没有了，那他还有啥工作可做呢？

是的，这个"感人"故事中的弟弟最后成了我家稻他爹，他曾在与我相恋的岁月里同我逛过很多城街小巷，我们吃过很多各式各样的美味，我奇怪他对于食物没有我这么来者不拒，他习惯带着审视的目光挑挑拣拣，偶尔吃到一样自觉还不错的，他会说这个有点像他奶奶做的味道了。

不过，他从未刻意找过芝麻饼，也许是因为找不到，也许是因为不想找，藏在记忆深处的东西，因珍惜而更加郑重。

我想是因为得到的太少，那一个芝麻饼的爱是父亲对他的，更是他想反哺父亲的。还因为，那一个芝麻饼的距离，已天人之隔。

自己也当了父亲的他是个爱做饭的人，做他认为健康的、清淡的、荤素均衡的。他也是个爱孩子的人，细致的、从容耐心的。

对于父亲，虽然他今晚说得很浅，但我看得很真；虽然此刻我下笔很浅，其实我心里很真。

记满时间故事的腊肉

同学从老家回来要送我块腊肉，路途稍远，我便让他爹去取。他俩在同一幢办公大楼，却从没照过面，这次却因这块腊肉相牵在消防通道里隆重相会了。话说他俩蹲在昏暗的楼道灯光下，客气又热烈地讨论了若干种烟熏腊肉的烹饪方法。对于这种既遥远又亲切的食物，是能激发出无限执行力的。

即便我生长在湿闷气候的南方，对腊肉也是情结深厚的。

小时候我家是村里的养猪大户，号称富农，我妈说她当年与我爸相亲时，这窝猪可真是硬实力的代表。嫁过来后发现，有实力的人家生活也好费力，除了里里外外照顾一大家子人，还得风雨无阻一天三顿伺候那群猪。到了年关，更是忙碌，足斤够称的大肥猪将要净身上案板，接受开膛破肚的圣祭了。岭南地区，冬季多数温暖如春，在没有冰箱的乡下地区，保存肉食的唯一方式便是腌制了。

我们家亲戚跟蒲公英似的，风吹多远他们就去多远，镇上有我的伯父，县城有我的姑姑，省城有我的叔叔，我妈作为家里唯一的务农好手，分猪肉这事可谓亲情浩荡，执事重大。

猪肉在屠宰时分成肥瘦均衡的细长条，处理干净后便可开始进入腌制工序了，这一步骤，全国各地虽大同小异却也各具特色，如广式的会在腌制时加入糖，有使肉质保色、提鲜、增色、适口和缓和盐味的作用；而湘川地带的爱加花椒，能压腥、提香，增强食欲等。口味习惯而已，各有千秋。

在我童年时，我妈还没现在这么矫情，知道的旁门左道没这么多，只懂得放盐，操作简单，肉块只需在盐水里面冲洗一遍，即可码放在预备好的箩筐里，一层肉，一层粗盐的顺序码放完毕，静置一个昼夜，估摸差不多便可进行挂晒，结实的草绳穿过剪开的口子把肉悬于正中，满满当当，一个小孩儿要想带走一块，那得一拎一个趔趄。晾晒的步骤，确切来讲是风干为主了，我家门前的大树下，树荫影影绰绰，肉就在这树下凉凉快快地，慢慢晾干自己。这最后也是极为重要的工序，不同的地方也有着差异的做法，有熏的、烘烤的、直接晒的，还有就是像我妈这种随意风干的，不同的选择决定着成品和风味口感的不同。

物质匮乏的年代，肉是最贵重的食材，即便是很简单的做法，记忆里的那个美味却无可替代。

因特殊的保存方式，腊肉基本承担了普通人家全年的肉制供应，大多情况下它们都是裸露在外的，时刻与空气接触，保持着应有的干燥度。由此，也给予了时光极大的刻画空间，将它们各自书写得与众不同。

每块腊肉都有时光记下的故事。不同的人可以吃到不同的味道。

比如，我的小姑，她所收到大树左侧靠房檐最近晾晒的那几块，是能吃到秋收稻草的熏香味的，那是我妈做饭时炊烟会飘到的地方。她能想象到稻谷丰收的欢欣时节，咀嚼着口中的肉菜，满心对家乡的眷恋与向往。

我的叔叔呢，他能吃到菠萝蜜树叶子的青涩味，他收到的腊肉是在大树右侧晾晒的，那里紧挨着一棵菠萝蜜树。每逢岁末，家里必要做艾草年糕的，年糕的底部就需用到菠萝蜜树叶做托子，采摘的过程通常是我妈跟母猴子似的蹿到树上去（这么形容自己的母亲，真是罪过，不过我也是如实按图说话罢），一路掐一路撒，叶子就像天女散花般地飘落下来，轻抚过那一块块腊肉，然后再到我兜起的裙摆里。那棵树是叔叔年幼时亲手种下的，这个知遇之恩的树叶将通过腊肉向他转达感恩之心。

我的伯父就比较不幸了，在镇上粮所工作的他，猪的吃食大多由他供应，五谷杂粮的饲料与猪融为整体，大树正底下是一日三回潲水桶的必经之路。对于成品的腊味，不管伯父再怎么津津有味，玉米皮或水稻糠的味道终究要如影随形的。

而我能吃到的味道与心情有关，蔫了吧唧时有我妈满院追着揍我时拖鞋扬起的尘土味，兴高采烈时能吃到空中蜜蜂嬉戏过后留下的甜香味。所幸，童年快乐无忧的日子还是多得多的。

腊肉的做法是多样的，好吃的等级在伯仲之间不分上下。

蒸着吃。原汁原味，广式煲仔饭是典范。生米下锅，旺火加热，在中火收干阶段放入切好的腊肉，继而转文火慢煲，适宜的火候，成就了饭与腊肉的完美结合，亮晶晶的油汁透过米粒之间的缝隙滋润着整个砂锅，于锅底处再与饭交相汇合，迸发出绝佳的饭香。

炒着吃。常规配菜有辣椒、西芹、蒜苗、荷兰豆与菜花，剑走偏锋的可以搭湖北的泥蒿与四川的折耳根，另有出奇制胜者可用酸黄瓜同炒，酸香四溢，光想象就让人直咽口水的。

煎着吃。我试过仿韩式裹生菜，还试过学老美做培根配面包，用最蹩脚的抄袭创造了极生猛的口感，虽然硬是硬了点，但对于我这种闲着便想磨牙的人那也是种嚼头。

煮着吃。湖南湖北有种腊猪蹄，就是煮萝卜汤的，非常鲜美，喝上一口，神仙也不想当了。

他爹与人接头回来，老同学第一时间便上线取笑我了，说我跟他爹长得可真互补，女的像男的，男的像女的。看在那块腊肉的份上，我认了，也许正是因为我粗而不够野，他爹妖而不够娘，所以才相互耽误了的吧。

他爹也有话说，他问我那究竟是什么样的一种交情才能使人家揣上六七斤重的腊肉追飞机转火车地颠簸过来，为啥都这把年岁了还是只有男的跟我玩。想着小骨也说了，若我还这样扮清高不跟女人玩的话，再过些年我就得孤独终老。再过些年，再过些年，谁都不得终老吗？

记得当年念书，因为专业之故，我所在的班级五六十人，男生只有五个，跟我玩得好的就三个爷们，其中这哥们算一个。那会我也曾苦苦思索过，为啥我不受女的待见，或说我不待见女的，可能是我不太乐意与人结伴上厕所，跟男的玩便没这困扰了。

但这总够不上正大光明的理由，他爹还在问。

晚上，焗了锅腊味饭，满满地给他爹先盛上一碗，大快朵颐下，他终于忘了这茬。

这碗饭里，我也吃到了那些年关于青春的故事。

辣椒盐之乡愁

我的老家有一种老树野果，一粒粒如拇指般大小，每年的五六月份便会成串地结满枝头，翠绿均匀，带有些斑点，它有一个好听却不太相衬的名字，叫牛奶子。我从来没见过牛奶子成熟后的样子，因为它们的命运总被迫结束在青春期，在表皮还是很青葱的时候就被人大批量地采摘下来，水洗清理后便进入了它们一生的另一华章。

有一种叫作石跶的远古劳作工具，木制的，长形，前面有个大木槌与底下的石碗相扣，尾部修长悬空，中间有个支点，人可以利用杠杆原理在尾部轻松踩踏，前头的锤子与石碗上下摩擦碰撞，牛奶子就是在这样的唇齿交汇中被嗑得粉身碎骨清香四溢的。我童年时也有参与制作的经历，主要任务是往石碗里加佐料，很简单，就一勺辣椒一勺盐的配比，往碎裂的青果子上面撒，越匀越细越好。

成品后的味道，怎么说呢，他爹曾经尝过一小口，辣得他脑门上的青筋暴涨，还咸得直跳脚，他赌誓般武断，说这是他生平吃过最难吃的食物了，没有之一。那么着急下定义干吗呢，心平气和一点，再安然冷静一点，你就会像我一样，发现酸涩中有清香，微辣里带点甘甜，咸到好处时还能有点甜，脆爽又开胃，简直是举世无双的佐餐好佳肴。

我不知道是不是穷则思变的无奈成就了牛奶子今时今日在家乡的地位——清粥小菜之圣品。我曾经跟堂哥打过擂台，分别试过一颗咸果子连喝六碗粥，及一碗粥连吃六颗咸果子，无论质比或量比，我都当之无愧是擂主。我知道，就是走到天涯海角，活到海枯石烂，我的心对它也是从一而终的了。虽然，我也不太确定在这个营养过剩的年代，我还有没有连喝六碗粥的必要，或者说，我对这东西的崇拜可能仅仅只是味蕾先入为主的习惯而已，还不见得是因为它的美味呢。我好像喜欢一切与辣椒、盐有关的食物。

李子知道不，半生不熟的那种，我极喜欢吃，拿刀划开，拌上辣椒和细盐还有糖，稍作腌制，半天后就能开吃了，那个酸酸甜甜的滋味绕齿留香，初恋都没这般美好。

那一年的夏天，我对我姐们小骨不停叨叨对于辣椒盐的念想，我说我好久没有吃了，也不知道什么时候才能再吃到，如果世间再没这味道，那我简直生无可恋了。她一点也不起劲的样子，真看不出来是同我一个地方长大的乡亲，她叛变了，她说她肉都还没吃够，哪有空陪我吃这些苦哈玩意。最后她看我一副穷追不舍的贫下中农破落相，大手一挥说放心吧，总是会实现我这一愿望的，就算是有生之年没吃上，即便是我英年早逝挂掉了，她也会捧上一把辣椒盐撒在我坟头上的。听到这一句，我才算安心了。

近几年，逢春末夏初的时候，广州的大街小巷也会摆满各式的腌制生鲜蔬果，创意层出不穷，品类更是革故鼎新，有萝卜、菜豆、酸黄瓜，有青梅、木瓜、番石榴，还有我最爱吃的菠萝与芒果，吃法多样，甜、酸、辣、麻、咸各取所需，我还是永远只选椒盐，不喜深加工的，剥皮切块，新鲜的辣椒与盐在不破坏水果的原味上锦上添花，入口馥郁。

对于好这口，他爹从不苟同，总把我划为有异食癖的类群，其实他不知道，我这口味的人是很有节操的。

有一天晚上，他问我："咱俩要是离婚的话，你会是啥感觉？兴奋、难过，或忐忑不安？"

我想了好一大圈，期间不乏趁机认真地揣摩了下自己的内心，要真是离了的话，真是，不忐忑，不难过，也不兴奋呢。我默默地摇了摇头，回瞥了他一眼，他的神情也很雷同啊。看来影视作品中这人生大风大浪中玩的就是心跳，而我俩都没机会体验了。

他爹呢，其实是好解释的，老了，不好好跟我这老妖婆凑合过。我呢，看似是行情很好的样子，实际上也不是啥高贵鸟儿，那些说我能嫁大款的好心人啊，他们是不知底细，我这只喜辣椒盐的口味，是够不上那些海参鲍鱼的档次的。他爹吧，别看没啥神奇来头，细细嚼嚼后，还是有些滋味的。不论好不好，反正我是习惯这个味了。

把一种习惯从一而终去贯彻，去发扬，如乡愁，这也是一种反哺的传统美德吧。

厌食圣品之黄骨鱼

鲁稻子小朋友在上幼稚园小班时疑似感染过手足口病，为什么说疑似，因为他除了不能吃东西也不想吃东西外，其他的没啥反常。他失学在家的日子里，一连绝食了三天，我想着清清肠胃也是好的，却急坏了我妈，她神神秘秘、唠唠叨叨，跟我爸盘算着该弄点什么山珍大补丸之类，能吃了益气提神还胃口大开。

幸好我家世代为农，根基太浅，任凭他俩翻遍全屋也是找不出个贵价玩意来。这时他爹才姗姗亮了个相，胸有成竹地说他有办法。他爹的秘密武器便是他的拿手好戏——黄骨鱼汤。

随着"吵"声作响，一尾三指宽的黄骨鱼滑入油锅，两面轻火微煎，加入清水三碗，拍姜粒旺火同煮，水开后放鲜嫩豆腐两块，待汤滚收至一碗多点时便可撒进葱花调味上桌了。汤色奶白，鱼本澄黄，青葱翠绿，三者交融合一，看起来就很美。我试喝一口，汤浓味鲜，下筷尝之，肉香细嫩，很神奇的，那个病号小孩真就喝了个底朝天，给足了出品人的面子。

他爹说好东西是不分物种的，比如，他这个纯良好男人；黄骨鱼这个天然好美味，前提是我都得认真去琢磨，费心去料理。我觉得还有个天赋的问题，像收拾他爹我是游刃有余的，术业有专攻，这鱼我也只是会吃了，烹饪这个看似简单的程序，我也曾依葫芦画瓢过，厨艺有限，弄砸了也算情理之中，给我整得清汤寡水，鱼是鱼，汤是汤，二者跟冤家一样凑不到一块去。

他爹认为用心才能出彩。我心诚着呢，我估摸着是历苦才能成精吧，这条鱼在他爹的历史长河里也是有故事的。

一方水土滋养一方美味，在他爹的脑海连续剧里，关于家乡总有一段话说长江的开场白。

"每年的三四月份，家乡的黄金湖正是桃花流水鳜鱼肥的时候，悠游的鱼群开始了一季到处觅食寻欢的时节。说起黄金湖的鱼，方圆几十里无人不称道，逢到周末或节假日，周边城里人就如赶集般蜂拥而至，慕名而来，任是风吹雨打也要凭湖而钓，既赏遍了湖光山色，也可满载美味而归。"

听听就知道这孩子的乡思病有点儿重了，我若没去过他那穷乡僻壤的话，都要相信那真是一个世外桃源了。不过，那里的河鲜确实不错，山清水秀，鱼儿独肥美。黄骨鱼又称为黄丫头，也作黄公鱼，算是我婆家具有本地特色的鱼中美味吧。

在我所见过的池塘湖畔中，黄骨鱼最为体形奇异，除了一对龙须，更有全副武装的刺身护卫，我跟着邻村的孩童去垂钓过，在池边看到别人的胜利果实，忍不住探手去摸着那滑不溜秋的鱼身玩，不料被它扎了一下，抬手便见血珠子，好有节操的鱼，碰都碰不得呢。跟他爹投诉，他撩开衣服作示意，说小时候在湖里游泳摸鱼玩，后背给它扎得跟岳飞刺字似的，一下又一下的针刺感，现在想想都哆嗦，这会儿野生的可是越来越少，刺没有以前锋利，美味也减半了。

不过我仍是满足的，喝着鱼汤，吮着那个细嫩的鱼肉，我的仇恨之火也渐渐熄灭了，也许正是在这个金甲护卫下才得以替我们这群好吃之客保存如此柔软入口即化的精华吧。

他爹对这鱼的爱与恨情结深重源远流长，听说他绝食面条就跟这有莫大干系。我的婆家盛产小麦，基本以面食为主食，在那个只能解决基本温饱的年代，一个乡下娃子你不吃面条你是想要飞天的节奏啊？

早上红薯，中午白饭，晚餐挂面，这几乎成了20世纪80年代初期乡村每户人家的标配，近水楼台改善伙食的途径也还是有的，就是都属于那些能摸会钓的。

隔壁家的狗子他爸就特别会抓鱼，一双电棍似的神手，一摸一个准，鱼就像会粘上了他似的。每当夜幕降临，袅袅炊烟从烟囱里冒出的时候，隔着狗子他们家晕黄的窗户，每隔几天就能飘出一股子鲜香的鱼汤味，还有那喝汤时吸吮鱼骨的"啧啧"声在寂寥的夜幕中被无限放大，刺激着他爹本就泛酸的胃液。

门前板凳上，小伙伴们各自端着一海碗，吃着自己碗里的看着别人碗里的，同样是面条，狗子碗里的面条总是暗沉着两条硬货黄骨鱼，他爹碗里的从来漂浮着都是两叶小白菜，这种反差真让人想打架啊。这病根就此落下的，见到白面就闹胃痛。那也是个拼爹的年代。

吃个鱼都这么不容易，真是个苦孩子。我小时候就不爱吃鱼，老觉得鱼身上那股子腥味太难闻。我儿时有个小伙伴凤姐跟只猫似的，一顿要离开鱼便活不了，我每天去她家等她上学，她都是在那慢悠悠地喝白粥吮咸鱼，她身上永远跟鱼一个味，天天跟没洗澡似的。若不是她幼稚园时老替我洗尿裤，我早就不爱跟她玩了。提这个吧，是为了说明我是个知恩能报的孩子，当年没嫌弃他爹爱吃鱼也是这个原因，只是没想到后来我也能从被动接受转为主动喜欢了。

那次出差杭州，在一家小店里看到个饶有趣味的菜名，便让来一道"黄骨刺身"吧。当店家端上满盆是刺的小黄骨鱼火锅时，真是长见识了，此乃真刺身，比日式的舶来品名副其实多了。席间不禁电话他爹，我跷起了大拇指，表扬他所言不虚，原来野生的黄骨鱼真的那么好吃!

好味道，要分享，要发扬，更是要流传。

他爹说他要教鲁稻子学会这道菜的烹饪手艺。他爹还说只要鲁稻子长大后，想起他做的鱼汤时，能心存温暖，那他这个传承就有价值了。

我想想我做的那些面目狰狞的包子们，算了，我这个手艺就让它自然失传了吧。

年糕到财神来

　　小时候老是盼星星盼月亮似的盼过年，除了能大口喝汽水大口吃鸡腿外，还有那些形态各异香甜可口的年糕让人期待，那是属于清斋岁月里头名列前茅的零食了，因为只有逢年过大节才能吃到，所以，珍贵才更显得味美。

　　年糕，全国各地都有的，因为主原料是糯米，也叫米糕、米粿或粑粑，只是根据地域的不同，样式有所差异，大体做法相似，味道却各有千秋，最正宗的那个味道肯定是出自自己家乡、自己老妈之手的，我也给我妈这一高荣誉，我认为我说得还算客观，因为我妈能败家，这玩意就在于码馅的多少，必须料足才有大嚼头。比如我舅妈家做的，你吃完一整笼都找不出一颗豆来，跟吃白米饭似的，还没处蘸酱油，这个连我表哥都是称赞他的姑姑我的老妈的。

　　听我妈说，年糕的由来是在过年的时候给一种神兽供奉的祭品，它吃了这个后便不会祸害苍生，保得那一年的人兽安康，还会给人们带来财运，所以每家每户都要很虔诚祭拜才行，小时候每说到这，我妈总要环顾左右讳莫如深地看我一眼，再继续费劲往年糕的生米坯里塞馅料。我听了便不自觉地猫下身子，生怕神兽这会儿就在窗外，长长的獠牙一下就把我给叼走了。我悄悄问我妈，那是做得越好吃那个"东西"就会越保佑我们吗？听到我妈说是的，我真是替我舅妈家担心，怕她做的那个玩意真是连鬼都不爱吃。

等有了点文化，没那么惧怕怪力乱神后，我渐渐得出事实，事实即真相也。真相是劳动人民太馋了，特别是在那个半饥荒的年代，想要犒劳自己还必须先找个冠冕堂皇的理由，传说便是很好的依据了，他们还给神兽取了一个好名字，叫"财"。由原始的"怕"，到现在的"迎"，真是有钱能使人爱鬼，连故事的性质都改变了。

每逢年关的腊月二十八左右，便是做年糕的好日子，大人们洗刷蒸笼竹篓，泡米、磨粉、备料、调馅，忙得不亦乐乎，孩儿们围在边上欢天喜地，叽叽喳喳，从旁顺点米坯的边角料来捏小人，再偷点刚炒好做馅的花生豆子来过过嘴瘾，干着正事的大人全神贯注却能耳听八方，时不时挥出一掌总能拍中那些从桌底伸出来摸食的小爪子，随着冷不防的"哎哟"的怪叫，引来哄堂大笑。旧时光带给我们的美好，有时候就是那某一片段的记忆，历经的过程总是比得到的结果更能温暖人心。

年糕分有咸甜两种，咸的馅料是用猪肉、磨碎的绿豆、眉豆、花生加以虾仁用五香粉搅匀调味而成，我爱吃这种口味，特别是刚蒸熟出笼的时候，那个透亮得轻薄如纸的面皮，犹如白玉翡翠一般，轻轻地咬上一口，皮一点便破，吃到里面样多而味丰的菜茸，粘、糯、咸、香，还有嚼劲，可谓齿颊留香。

　　相较咸的，甜的做法会复杂一些，也显得更特别，光是皮面就与众不同了，那是混合了艾叶的汁液揉搓而成，成品后呈黄褐色。

　　艾叶，又称艾草，性味辛、温，食之，可祛风驱邪、散寒除湿，以药入食，这一点体现了劳动人民的大智慧。艾叶草喜欢长在湿润的田埂地头，我们常习惯在秋收过后去采摘，拿个小竹篓，一节小木棍，蹲在地头间，发现目标后拿小棍往土里一划，不用扯便能将整根拾起来。我眼神一般，至今也不能很肯定地去辨别真伪，我都是看到疑似的就下手了，回家后我妈的筛查工作比自己亲自去摘一遍还要费劲。但是任她再阻挠也挡不住我要去执行这项劳动的热情，我觉得在那样的天气里，提着小竹篓轻装上阵去田野，摘摘小花、摸摸小草什么的，那种如童话般的风轻云淡的感觉，简直美好极了。

　　看我，脑残这个病自小就患上了，至今仍未能根治。清洗后的艾草只需等待晾干便可备用了，真正用到它的部分其实是风干后的叶片。用手搓擦成细茸状，加入糖水中熬煮，之后用来和成面皮，包裹的糖馅里面有椰丝、花生和芝麻，在热气腾腾刚出笼时，便能闻见满锅艾叶的清香了，小口咬去，糖汁四溢，味美香甜，令人回味无穷。

无论咸甜，都要点上红花印，那是用花红粉兑水而成，用一根筷子，在中心处一粘一个印，预示着吉祥如意。我爱干这个活儿，端着花红水杯子，拿着筷子，一点一个准，跟盖章似的；仿佛只要是我印上去的劳动成果就能归我所有了，我就可以特自豪地跟人口出狂言，"这些我都有一块做哦"，真是个赚便宜的差事。不过我最终的目的还是在于那杯用剩下的红花水上，多么明艳动人的颜色，我学着电视里的窈窕淑女，先在脸上抹一层细细的白米粉（也是现成面坯用剩的），皮肤顿时好白好白哦，再涂上花红水作口红，还有剩余的便把十个手指甲也给染了。极妖娆的作态吧，我妈只见上一眼便要摸过竹竿要来揍我，我爸在千钧一发之际总会出来救我于水火，给我弄到井沿边上，几把清水撸过来，我精心装扮的花容月貌便全给毁了。

　　若干年后，我在电影中看到日本艺伎的妆容扮相似曾相识，追忆了半天才想起这就是我儿时创作过的美丽，不得不对自己另眼相看，审美相当独到啊。

　　年糕的主料是糯米，黏性十足，作隔离底衬的是大菠萝树的叶子，摘叶子也是个有趣事。可以光明正大像只猴子一样蹿到树上去，在爹妈够不到的枝丫上尽情活蹦乱跳，任意摘下大小不一的叶子当风筝，当飞镖，当天女散花，洋洋洒洒，快乐得像神经病一样的。

　　这是关于年糕带给我的美好，温馨的记忆伴随着我茁壮成长，它在心底生根发芽，枝繁开花。

去年春节回家，仍能重温体会腊月二十八的欢乐，看着熟悉的场景、步骤，除了爸妈愈加衰老，所有的幸福都未曾远去，属于心中最好的年糕，还是那个正宗的老滋味。

年糕寓意深刻，白色如银黄色金。年岁盼高时时利，虔诚默祝望财临。

吃年糕喽！

河塘觅食记

　　我常常喜欢与人玩笑，说我生长在水乡。此话也不假，因为我们那儿是个三四十户人家的小村庄，光是水塘就占了一大半面积，更不提村子的旁边还有一条延绵流淌的小河了。水在我们那里真是充裕，村里五行缺的是鱼。

　　村里那口水塘听说是若干年前为了囤粮准备的，主要是战备储存，外面出不去，家里能捂点新鲜的吃食，心里便能淡定许多。按我爷爷的话说，那些年，人都没有吃的，鱼怎么能长得起来，就是用来安慰自己的，心里能有个念想。水塘每逢端午与年关会各打捞一次，运气好点能捞上来些巴掌大的鲢子和白鲫，年景不好就多是些螺呀河蚌类的非主流杂食了。我没经历过这些凄苦事儿，等我有记忆的时候，见到的都是满网兜的三五斤大鱼了，螺呀蚌的看不见，网眼都不同往日，全用疏孔的，小鱼都不稀罕要了。

　　我喜欢凑年关那次的打捞热闹，因为塘水逐渐干涸，大人们捞完大鱼后，我们可以蹚水进去玩耍，顺便摸宝藏。在孩童的我们眼里除了鱼其余的全是宝，田螺、蚌、小虾、螃蟹，还有黄鳝与泥鳅。寻宝过程给予我们的快乐远超过品尝它们本身的味道。

跟竞技一样，机会相等，工具类似，所用的多是竹篾编制而成的小簸箕，两手横持，慢慢探进水里，缓缓移动着，水底下全凭感觉估摸着，再猛地捞起，水流尽后，留下的就是胜利果实了，有点儿跟开奖似的，每次都有神秘惊喜的感觉，谁也猜不到下一趟能抓到的是什么。

更有武艺高强者，他们都是徒手而来，快、准、稳的功夫让人既羡又恨，我也试着照做，却除了抓起过几把泥巴，一无所获。另外放弃工具用手让我感觉危险，我总觉得未知的水底会有莫名的东西等着咬我，试了几次无收获，我倒也安心放弃了，这属于胆大者称雄的地方。

其实我有个糗事让人耻笑多年，那次我是真用手抓到了，是在一处塘泥裸露处，我兴起无事用手拨了几下，竟让我发现了一条赤金的黄鳝，惊喜之下一手便掐住了前半部，扬手一拉，哇声起，众人见我捡漏般，真抓到一条十足的大家伙。

我掐着它去找我的水桶，一边走一边自鸣欣赏之，黄鳝一直在我的手里摆着细长的身体挣扎着。这时，岸上的三狗子对着我大叫，故意逗我说："别是抓了一条蛇吧，哪有那么大的黄鳝呢？"

我一蒙，将信将疑把它提近点看看，这一看不得了，越看越像，完蛋了，真是抓了一条蛇怎么办啊？莫大的恐惧下，我站在原地就大哭了起来，黄鳝还在手里紧紧地捏着，不敢再看它，也不敢扔它，就这么僵站着尖声号叫着。三狗子那个祸害大概也是吓坏了，没想到我这么不禁逗的，忙把我的水桶给我提来，安慰我说："我就是故意吓你的，赶紧别哭了，快放下，真是黄鳝，不是蛇。"

这会儿我可没法信他了，因为我是刚才看得太认真，魔怔般就认定它是蛇了。我因害怕而极度紧张，死掐着让我自己扔掉它都不能了。后来还是我老爹寻声来了，才把我给解救了。从此落下一毛病，不能太仔细去观察一样东西，像一些本来萌萌的小昆虫，一认真看都能吓到。

当然，那天的黄鳝还是很好吃的，在我妈的高超烹饪技术下，难得一见的野生大鳝显现出了它非同凡响的生猛新鲜。唇齿所到之处，肉质绵密，酱香溢口，如此美好，终于可以安抚我所受到的惊吓了，过了许久，还能回味无穷。

不常吃到的东西都是好的，让人期待的，田螺也是。

田螺分两种，一种是个大的，黄褐色的，我们称为外地螺；一种漆黑的，匀称小个的，我们称为本地螺，本地螺相对稀少，故而显得难得些。我们在池塘或小河溪里最容易摸到的是外地螺，它繁殖极快，又易长个，只要费点工夫都会有收获。多而不常吃是因为家里不给做，我妈对这种螺深恶痛绝。因为刚插秧的稻禾经常都是让这螺给吃的，她便吓唬我们说这长得这么快肯定是吃各种粪便催大的。说得口味太重了，以致我难免浮想联翩，也罢了兴致。经常是跟着好玩去，捞半盆回来又全送了别人。

小学的校门口有专门煮好挑来卖的摊贩，一毛钱三四个，大小搭售，是整锅煮熟再白灼的做法，把肉挑出来后蘸辣酱吃。看着他们蹲在那个小箩筐前稀里哈啦地吃得津津有味，我常常暗咽口水，心里被矛盾折磨着。我曾经在下课四下无人的时候偷偷摸摸买上一毛钱试过，感觉好吃到极点了，那个螺肉的爽脆与辣酱的结合有着挑动味蕾的神奇效果，让人胃口大开，欲罢不能。但是，我又会很理智地自我警觉，这个东西可能是很不干净的，另外，蹲在那里吃这个形象太不好看了。我也不明白，在那个还未长开、还不知道异性相吸的年纪我怎么就能想到形象的问题。这个东西的味道于我就像初恋般，就在那个地方吃过一次，然后心里念了那儿一辈子。纵然再不好、再不健康，却也无可替代。

本地螺后来吃得就多了，因为个小，都是整个当菜一样炒着吃。做得好的味道也很不错，我姐们小骨就挺拿手这个。炒得颜色五彩，滋味缤纷，吃的人赞不绝口，不过我还是觉得费劲了点，得用牙签扎着吃，累眼神，要改用嘴吮吸吧，又太难，嘴功差直接暴露了我当年恋爱谈少了的恼人真相。

比较简单易得还安全无争议的非河蚬莫属了。它是蚌类的一种，相对池塘里肥厚的蚌，它长得特别迷你小巧，小指甲盖大小，让人都难以想象里面还有肉的存在。别看它小，它比什么都灵活讨喜，只要滚水煮之，便能壳肉开花了。

中学那会儿，我们常常三五成群结伴翘课去河里摸蚬子，因为小河就在我家附近，所以我还另有重任，得回去偷米和锅，再弄点儿盐，这三样齐全，野炊才能顺利举行。

分队和分领地后，我们开始错落在小河的各流域干起来，依惯例，只要足够耐心肯坚守，必定能满载而归的，因为它太平易近人了，没有一点架子，只需我们的手指随意往沙床内招呼一下，它们便会很积极地随着水势浮出来，不懂得逃，也不会躲，你只要不嫌弃它小，便可尽情拾走。

可别看它小，它能让你领悟人多力量大的真道理。这么小的一丁点，积少成多后，光是要凑在一起带走也是要用力抬的。在河水里略为冲洗后就可以下锅了，加水煮沸后，看着它们逐渐开花露出真容，开始壳肉分离，待水温稍凉后，再把壳整个从里面筛滤出来，在只剩下蚬肉后，开始淘米下锅就行了，就着原先的汤水一并煮粥，我们管这叫滋味粥，满满一大锅，肉与粥交融生辉，喷香扑鼻，起锅前调上味，再把河岸上菜园里偷来的几根香葱掐碎丢下去，味已绝了。

随着粥慢慢下去，我们的肚皮渐渐鼓起来，这种视死如归的吃法撑得我们在满足中睡死过去。沙滩边上的灌木绿荫下，多少美梦在恣意招摇，轮番上演。

长大后，多少次故地重游，心里难忘的永远是那个天当帐篷地当床，自己动手丰衣足食的小时候。

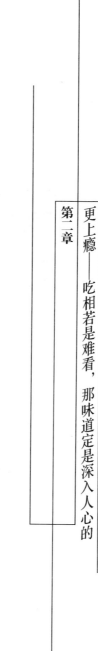

第二章

更上瘾——吃相若是难看，那味道定是深入人心的

插画：邱文茵

High派吃法

　　我欣赏一切有着豪迈吃相的人，这些人在我眼中都是可爱无敌的，是无心机心眼的，不扭捏作态的潇洒之人。

　　我也想有个百无禁忌的吃相，只可惜我那不够宽容的胃稍吃多了些便会撑得难受，加之也没有太多我认为有必要吃撑才回本的食物引诱我。很多时候我是借助电视中的老剧目才能体验一把High派吃法的酣畅淋漓。

　　大西北，左手馒头右手大葱，大葱蘸上浓黑的大酱，一口大葱，一口老面馒头，嚼得结结实实、满满当当。

　　大西北，吃面条，一大海碗的面条，稀里哗啦满头是汗，把最后的一滴汤汁吸干后，右手往嘴角一扒拉，每个动作都满足恰当。

　　还是大西北，大米饭，饭上肉菜码得整整齐齐，吃饭的壮汉蹲在灰黄的土墙根下，一双筷子好不容易才从碗沿的缝隙寻出个突破口，便以农忙大抢收的速度把饭菜一下给收割光了。

真是痛快!

我说我怎么那么喜欢老电影呢,是爱看里面那些饿肚子的事吗?

关于现实中饿肚子的吃相,我印象中也只有小时候很偶然的那一回。

邻居家的伯父中午收工回来,我正在他家与堂姐一块儿做作业。他们家饭桌旁的铁架上放了个大铝锅,里面盛满了清粥,汤汤水水的量能淹没一只不慎掉落的母鸡,真就有那么多,然后他一个人喝完了。他是怎么喝的呢,我来告诉你。

那个时候每家都有晒咸菜的习惯,咸菜是超万能的佐餐菜肴,配稀饭尤其佳。那天,他家吃的是咸瓜,一种用新鲜田瓜加以生盐腌制再晒到半干的脆口小菜,形状多为五六厘米的长条状,质脆,味咸。

刚开始时我是被声音所吸引的,咀嚼咸瓜的咯吱声清脆动人,一口接一口的灌汤式喝粥法,似一阵一阵的山洪倾泻。也就是说,我相当于置身在原始森林中,一边听着鸟语虫鸣,一边听瀑布澎湃,只要不睁开眼,画面在想象中就挺美了。因为我还有正事要办不能陶醉太久,所以在山洪倾泻的间隔开始拉长后,我便知道这是快要吃饱的节奏,赶紧埋头划拉作业去了。半晌,后面的声音还在继续,我再度放眼角斜过去,这整个大锅都让他给起底了。

"大伯,您那么饿都吃完了呢?"我实在是好奇。

"咳,是啊,我都快吃完了。"他吃撑无奈地看着筷子上还剩的半块咸瓜说，"你说，我把这碗粥喝完了还剩半块瓜，瓜吃完的时候又总剩半碗粥，剩下不浪费了嘛。"

这是关于吃我笑得最欢的一次，就这么吃瓜剩粥，喝粥再剩瓜的逻辑下活生生把一个好人给撑坏了。

人只有在饿的时候才会觉得食物可爱，人也只有对着可爱的东西时才会散发出别样的魅力。这种魅力在这个酒足饭饱的年代里是越来越稀罕了。

常人道，怕什么来什么。我生性粗俗，却嫁了他爹那个刁钻之人，他对饮食的习惯是量少而求精，与我在餐桌上难以求同存异，常常为吃什么、怎么吃掐架干仗、过嘴瘾。

跟友人吃饭，一大老爷们，一块脆皮烧鹅而已，非要把皮肉分开，说油脂太高，吃完还要多做数十个仰卧起坐才能消耗，吃完那一顿都有绝交的心了，累不累？！

其实作为女性，更应该精细的，我这倒打一耙的心理也博不了多少同情，只是恶习难改，我从儿时起就见不得在饭桌上叽叽歪歪的人。亲戚家有个小姑娘来做客，肉盘上，她只要鸡中翅，连着一点的鸡尖或翅根都不行，菜盘里，她不厌其烦地一根一根挑起那个最顶的菜心吃。看得我那个闹心，直接拿一大碗，把饭啊，肉啊，鱼啊，菜啊，汤汁啥的全盛在一起，再拿勺子把饭菜均匀地搅拌在一块，端起放在桌边上的小板凳上，一口进去啥都有，省事又富足。

长大后，那小姑娘从村里嫁到镇上很有钱的一户人家，农转了非。而我，从一个村里嫁到另一个村，至今仍是农民。这是个悲伤的故事。

其实吧，别看我平时挺爱装的，那都是表面上的事，实际上我还是挺较真的人，这个在看饮食类节目上就有所体现了。

TVB的肥妈是我爱看的，有一回她要做鹅肝焗多士，去街市选食材时她称的是鸭肝，旁边的助理提醒她这不是鹅肝呢，她大咧咧瞥人一眼说浪费那钱做什么，本来味道差不多，就该用大家吃得起的东西。她还说烹饪的时候别只顾色泽好看，要熟了能吃的才是真道理。深得我这颗贫穷又实在的心。

不过，相比肥妈，我还更喜欢的阿苏，那是一位像极男人的女人，骨骼奇特，性格爽朗。她除了自己做也会出去吃，上至酒店会所，下到排档小店，不管是在哪，吃的是什么，好吃的她会竖起大拇指，不行的直接皱眉兼摇头，从不多话，好坏全在脸上，难觅半分虚假。

凤凰卫视的美女私房菜我偶尔也会看，也觉得美人与美食让人赏心悦目，只是每道菜的调味必放鸡精这事让我不解，若都是鸡味了，那还有追求食材原汁原味的必要性吗？

我特别不爱看的是那些制作精良型男素女游天下叹美食的戏码，每到一处，每吃一样，从不例外的各种巧舌如簧吹捧有加，为了佐证，脸上总还要欲盖弥彰，整个欲仙欲死的幸福表情。这跟看宝岛爱情动作片时那些美女在假装高潮一样，让人观之无味。

后来我在八卦新闻里听说阿苏原来是个女同志，我琢磨了下她银幕上的个性及为人，觉得比爷们还爷们的她同志得还挺合理，想到她的女朋友，应该也会蛮幸福的吧。

一个关于方便面的伟大梦想

　　我不记得我是从什么时候开始对方便面念念不忘的，我应该是对它一见钟情的，不然怎么可能一回忆童年，带给我幸福感的总是那一股如影随形的泡面味呢。

　　生在20世纪80年代初的你也如我一样记得三毛钱一包的三鲜伊面吗？十乘十左右的小方块体，明黄色的外包装正面有一碗盛满鸡块大虾与香菇的汤面图片。我总是让这个画面诱惑得垂涎三尺欲罢不能，那会儿还不认得旁边那一行蝇头小字"广告图片仅供参考"，不过即便是知道也没关系，因为除了没有实物外，画面上所有的味道里边那包调料袋全给它管齐了，高超的哄人技术至今仍让我顶礼膜拜。包装的背面是材料说明及烹饪方法，有三个步骤图示做参考，先烧开水，再放面条三分钟，然后调料装碗。

　　我是不会有这个耐性按流程操作的，我用牙一撕开口子，把面及调料一起倒进碗里，开水一泡。那来自异域外星界的妖艳浓香，我怎么可能等得了？端着碗，哈着气，搅着面，嘶嘶啦啦就把那泡得半生却韧性十足的整碗面吃完了，再舔着碗沿的汤汁意犹未尽，魂神皆为天下竟有如此美味的食物而深深折服。更多的时候我喜欢干吃，因为泡着吃着实浪费，我更愿意掰开揉碎了，撒上调料拌匀了坐在小板凳上一点一点慢慢吃，感受着裹满咸香鲜味的脆面在我口中咯吱细碎如炫彩盛放，带给我穷奢极侈的口欲体验。

四年级时候，隔壁家小叔问我的梦想是什么，我问他梦想是需要有钱才能实现的吧，他说是的，我说那我的梦想是等长大了成为有钱人，这样我就能买上一间大屋子了。小叔刚要跷起大拇指夸奖我好样的，我接着说，然后我就能买很多很多的方便面囤里边了。在伙伴们的嘲笑中，我继续梦幻地说出我理想中方便面的各种吃法：干的，湿的，泡的，煮的，捞的，炒的，炖的，拌辣酱的，加牛奶的，蘸芝麻的，煲糖水的，我全都给它试一遍。

这么大的瘾，一半是让我妈给压制的，她法盲了半辈子，却在对我做起有罪推论时能斩钉截铁似的依理有据。我感冒了，偷吃方便面吃的；咳嗽了，偷吃方便面吃的；我跟小伙伴玩闹把胳膊摔折了，也是偷吃方便面吃的，不吃肯定是不会折的。看，这没文化多可怕！

都说女人们刀子嘴豆腐心的多，但我妈完全是口蜜腹剑的杰出代表，我常提心吊胆她对我的温情细语，因为怕爱的下一秒就是雷，经常防不胜防。有一天，她在大清早慈祥地询问我喉咙还难不难受，待我受宠若惊地回答还是有点不舒服时，她更柔情似水地对我说："肯定是方便面没吃够，妈再给你买一箱回来，让你以毒攻毒哈。"这个时候我要是信以为真，那屁股便等着开花吧。

她是在清算不久前我把泡面藏衣柜里的账，那天我真不知道她会提早回来，我爸出差给带回的桶装康师傅，多高端上档次的包装啊，我光瞅着桶身那个戴白帽的胖师傅就觉得可亲可爱，这可是来自省城的贵价货。我刚泡上就发现门外有动静，一听到那熟悉的脚步声，心跳都要短路了，完了，是"温柔姐"回来了，这要让她抓到现形，挨打事小，这康师傅的脸就得让猪亲了（给整桶扔猪圈去）。我匆忙把房门一掩，端着那碗还烫手的面满屋打转，总算发现放衣服的柜子还算个隐蔽处。就这么着，我妈寻味进来时她的脸是绿的，发现衣柜那碗面时她的脸转黑了，就在"包青天"要把康师傅斩立决那千钧一发之际，门外适时响起叫唤声，邻居来了，我妈的慈母光芒不得不向我再度返照，就此躲过了这劫，得以初尝康师傅的美味。那一周，我们家人都是土豪，每个走出去的那一圈空气中都有一股高级方便面的味道在迎风飘荡，荡气回肠。

慢慢长大了，有吃方便面的自由了，渐渐发现我妈可能是对的，这玩意大概是不大好。新闻报道里也有了恐吓的言辞，说多吃容易上火，营养不全面，有损大脑活动，最主要是会引起肠胃功能失调，加大患结肠癌的概率。听多了这种话我也是怕死的，我想节制次数来降低风险了，却掩耳盗铃般觉得偶尔为之应该还是安全的吧。

工作了，朝不保夕那些年，我摸索出方便面比较健康的做法。把调料包丢掉只留面饼，开锅，少油煸肉丝，同步剁碎西红柿一个加入翻炒，放水，汤开下面饼，五分钟后略调味装碗。极简单的做法却不失创意，菜在这个时候才开始做，一个煎荷包蛋，因技术欠佳，常规太阳形的花开状总让我整成月亮似的馄饨相，再码上两朵白灼的西兰花，配上一个圣女果、一个鹌鹑蛋装饰而成红白玉兔。哟，厉害了，一幅没有嫦娥的奔月图就这么出来了。这时，我这个生活艺术家便可以恣意妄为风卷残云地吃掉自己的画当晚餐了，事后，惬意地隔着肚皮听饱嗝的潮鸣，澎湃极了。

一个人的生活，方便面是不可或缺的，是灵魂伴侣，是口腹密友，在冬夜寂寞的午夜，再没有什么能比一碗热腾腾的泡面更能暖和身心了。曾经想过，如果我孤独终老，那就让它陪伴一辈子好了。

只是天没遂我愿，让我遇见了他爹，还跟他成了亲，他有一手不好不坏的厨艺，总算是把我从方便面身上解放出来，从此我便像一个见色忘友的叛徒，仗着喜新厌旧的恶习，以冠冕堂皇的借口极少再宠幸它了。他爹对此很满意，手举大锅铲自诩为拯救我于水深火热中的英雄，存在感像沸腾的粥水往外直冒腾。我也不与他起哄，也许是口味有追求了不愿再随意凑合，又或者是我想私自存下那份只属于童年的美好。

人生最幸福的不过是求而难得，但在满足后，记忆中的那口方便面在长大后再也没有吃到过。再寻，总也不是那个味。

那些年，我们没有什么吃的，吃到的都是美味。

有容乃大的包子兄弟

我的面食兄弟们有包子、馒头和花卷，我是真心爱它们。

自己的孩子嘛，不能不爱的。它们在我眼里有着自然、健康的肤色，玲珑、精巧，萌态喜人。他爹说我真是不要脸，堪称慈母败儿的典范，看我做的都是些什么歪瓜裂枣，馒头软软塌塌的，花卷上铺满的葱花整个就一麻子，包子像圆球，鼓着个大肚子是在吹胡子瞪眼吗？

我插着腰与他怒目相视，嫉妒，赤裸裸的嫉妒，一个连面团都没甩过的人怎么有资格来评价我的作品！他爹轻挑剑眉，慢条斯理，说即便他没生过孩子也能知道正确生孩子的程序，经他目测，我那包子肯定不是按标准工序生产的。

创意懂不懂？这保持祖传手艺是能耐，那发挥创造更是本领，我只是为了给我的包子注入更多的精华，所以在和面的时候牛奶放得多了些，在擀面的时候葱花撒得多了些，在包馅的时候肉菜码得多了些，那都是因为我对包子们欲罢不能的热情啊。

以上皆是我初做面食时的经历，那会儿我憨实蛮干，为了那一腔兴趣爱好不惜劳民伤财，大费周章地花上一天的工夫，只为琢磨出几样卖相可人、味道喜人的成品，虽然常常事与愿违。

他爹是看都不愿看一眼的，说光看一眼就饱了。这话太伤人了。所幸我有个宇宙好婆婆，她通常能趁热连吃五六七八个。虽然吃完问她是不是觉得很好吃呢，她的回答大多是不吃就浪费了，但我还是要感谢她，没有她肚量的支持，我如何能孜孜不倦一路进步？

进步后，我也学会不那么实在了，因为发现人太实在还容易吃闷亏。我首先从做包子不给馅开始。

我蒸了半块南瓜，用它来做包子的打底色，揉面的中间另加了苋菜汁，多了个紫色做渲染，鲜橙淡紫环绕下来，蒸出的包子，看上去很美，这没见过的艳丽，很让人新奇，也充满期待。

首先是我儿迫不及待抢过一个，哈着气满咬一口，囫囵猛吞，噎得急瞪眼，问："妈妈，南瓜呢，我怎么没吃到啊？"

我对着我那三岁的小儿摇头晃脑装腔作势："南瓜早已润物细无声渗透进面皮里，只留其色难觅其味了，你觉得上当是因为你只观其表，不懂食物之物理属性，有些时候，它们只是幌子，为的是引起你的注意，第一印象抢了先，欺负你人老实，吃进去后不好意思再吐出来。"

在这念经似的循循教导下，我儿把已进口的包子给吞了下去，但剩下的就给扔回盘里了，再也不肯吃了。小样，这么深奥的道理难道他也能听懂？知道我在诓他啦？

他爹在旁哈哈大笑，说这做包子跟做人是一样一样的，讲究色香味，也得内外兼备才有好结果，不然，还是得拿去喂猪。

这个我是认同的，做包子跟做人一样，不过最近我发现有些人还不如我的包子。我这南瓜包吧，总归是健康的，管饱的，算是善良的诱惑了。有些人生得没南瓜漂亮，活得没南瓜光荣，这是一群喜欢装的人。

我一直认为自己在装界应该属于格调比较高的了，没想，这两日跟人一对比，我简直是业界良心，别人都装到高级了。

有个朋友的朋友，参加电视相亲去了，这么多年来，他夜以继日全年无休地装着，终于皇天不负有心人，今儿个竟然装成了钻石王老五顶着CEO的头衔开着宝马选嫔妃去了。如果我告诉你，这是一个离异多年租着房子借着车子举债度日的失婚男子，你肯定会顶礼膜拜他，如何他能装得那么像，那种头顶星环的举重若轻，那种轻蔑无物的财大气粗，仿若天生贵族。

他爹在上周已经忍无可忍，在朋友圈里被大神的各种上层社会活动刷屏，他撂下话，说再这么无节操，他就要取消关注了。可惜了，对于一个来自下层社会的人的评论，一般是没人关注的。所以一点也不影响大神持续装的兴致。对此，我严肃批评了他爹：这是不对的，怎么能做这些影响他人进步的事呢？我可不想与之交恶了，有机会我还想找他讨讨经验，细论关于如何快速提高格调这一命题呢。

他爹是个单纯的孩子，内心那一点喜恶全写脸上了，但凡能有点演技的，早几年就该妻妾成群了。

做人嘛，容量还是要有的，像我的包子们，只要给予足够的机会，可塑性还是很强的，干瘪的可成馅儿饼，膨胀的可成馒头，半蔫的就当生煎了，各有各的特色与造型，选择多了，人活着就更有盼头了，不是吗？

再者，观众若不宽容点，我怎么能走持续发明再创造的技术路线呢？

我准备再弄几笼包子的升华版——春卷试试。

爱吃咸鱼的可怕后果

  我特别不愿意跟人说我爱吃咸鱼，我像要隐藏一个秘密般对人三缄其口，因为我那个在县城坐办公室的姑母对我说："从前啊，有一个小姑娘，她很喜欢吃咸鱼，然后一直没有男孩子喜欢她，然后就没有然后了。"

  做人没有然后这个事是多么可怕啊，我是一定不可能爱吃它的。我对这个故事深信不疑是因为隔壁家的凤姐儿，她真是个爱吃咸鱼的大姑娘，呃，"大姑娘=大我一点的姑娘+比我晚结婚的姑娘"。她简直像是那个传说的故事中的蓝本。

  她对咸鱼有多爱呢？就是她已经跟咸鱼共荣共生，合为一体了，你要闭上眼睛闻闻看，肯定分不清哪边是咸鱼哪边才是她。即使是在我还没太多智商的小时候，我都敢保证自己要是男生肯定不会牵她的手，因为跟摸着咸鱼差不多，湿嗒嗒、盐津津、腥兮兮的。

  问我是怎么知道的？（满脸是泪）因为我是个小姑娘，大姑娘要跟我玩，要牵我，我都拒绝不了。当然啦，跟她玩也不是一点乐趣都没有的，比如玩捉迷藏吧，我总能在第一时间嗅到她。

我们家20公里外是大海，海产丰盛，但因往年交通不发达，即便是二十几公里的路途也要走上一个昼夜才行。加之气候炎热，以海盐腌制是处理新鲜鱼类最简便的选择了。咸鱼中以鲅鱼、鲳鱼、秋刀鱼、带鱼最为常见，餐桌上的选择也不外乎这几种。小时候对种类没有概念，基本就是一个咸味，凤姐儿也分不清，不过她说全都很香，一样的好吃。

可能是我常有意无意间会流露出警惕敌对的眼神，所以激发了她强烈要同化我的欲望。

她先对我循循善诱："来，你闻闻，你试试这一块，多香多好吃呀，不信我吃给你看，是很好吃吧？"她热情好客，迫不及待地用手拿起一小块递给我，见我面显难色，再试吃给我看，力证是真好，最后还意犹未尽地吮吮大拇指。看得我那个闹心啊，这现身说法实在太失败了。

她再对我步步紧逼道："吃吧，我妈说吃鱼可好了，喜欢吃鱼的人都特别聪明。你知道你上幼稚园那会儿为什么总尿裤子吗？就是因为你不爱吃饭，你为什么不爱吃饭呢？就是因为你不爱吃鱼。"真是帮人洗一次尿裤子胜造七级浮屠呢，我心里冤得慌，这跟爱吃鱼有什么关系呢？其实我就是不好意思跟老师说想去尿尿，所以憋着憋着就悲剧了，人家小时候不就是含蓄了一点嘛。

她还对我软硬兼施："我喜欢吃鱼，二妮喜欢吃鱼，三狗子喜欢吃鱼，你要不喜欢吃，那大家都不跟你玩了，你可怎么办呢？"

好吧，吃就吃，谁怕谁，拿鱼来！

我妈听说我想吃鱼了一点也不激动，她说吃前先要约法三章：第一，不准拿手抓着吃；第二，不准用袖子撸嘴巴；第三，吃完要漱口。

现在想来，我妈真具有名媛范儿啊，就是这么简单几点便让我摆脱咸鱼如影随形而来的恶劣形象，凤姐儿像敏捷的德国警犬围着我嗅了好几个来回，查无证据，差点要把我当叛徒驱逐出朋友圈了，原来吃鱼也是可以不沾腥味的。

试吃了几次后，渐入佳境，慢慢可以认真品尝了，发现它咸中带绵，绵里藏鲜，细细嚼着还挺有滋味的。半块咸鱼一碗粥，是惯例的搭配，半块咸鱼一碗饭也很合适，咸鱼的配合度很显诚意，它的咸淡度是可以用主食的容量去稀释调节的，任君选择，各凭喜好。

有一年，市场上与咸鱼同时售卖的还新增一种咸虾，那应该是夏季六七月份海虾繁殖高峰期，是由捕捞的毛虾加工腌制而成的，也是后来出现的瓶装调味料虾酱的前身。我在小店里见过，红粉的肉色看起来很是新鲜，一大桶一大桶的可以分斤售卖。

有了咸鱼的铺垫，凤姐儿在尝完鲜，第一时间与我分享后我也跃跃欲试，虽然她身上无形中笼罩的腥气更加浓重了。

腥，特别腥，我妈才买回来，满屋的腥气便郁积难散，不知道的人寻味而来，以为我们家囤了好几吨死鱼。

香，特别香，在我妈加香油与生姜同煮后，那个鲜香刺激钻鼻而入，来势汹汹实难抵挡，刚刚闻风而至的人都想要蹭副碗筷尝上一口。

从此一发不可收拾，我便与咸鱼、咸虾纠缠得难舍难分了。

一个人如果不给自己设限的话，很快就会场面失控的。比如，我由先前的浅尝辄止爱吃不吃，到非要满碗糊涂搅拌着吃才觉得过瘾。直到有一天，我妈错拿了我装好饭食的碗去喂猫，让我深受挫伤，姑母的话还在耳边呢，再想想凤姐儿常年那苍蝇跟随的嗡嗡风采，当真是不想要以后了，不得已决定要迷途知返。

凤姐儿这会儿已经18岁，已经到待嫁的年纪了，除了自身的风味与众不同外，体型也特别出众。早早便辍学在家的她日子过得还挺舒坦，一样的嗜鱼如命，吃嘛嘛香，睡嘛嘛好，成了心宽体胖的领军人物，一米六不到的身高体重已达150斤。她妈急坏了，让她没事少吃点，更让她没事便去锻炼一下好消消脂肪。也不怪她妈狠心，听说是邻村一媒婆上门，见了她不知道就是此行的对象，径直问她妈门口坐着的那位是哪家媳妇，真是好生养的人才，该生一大串娃儿了吧。

在村里，胖是不可怕的，怕的是不相熟的人以为未婚的你是娃他妈了，那便生无可恋了。

凤姐儿跟我诉苦，她也不懂自己与别人有什么不同。我想我是知道的，光一顿能吃四碗米饭就挺出类拔萃的了。我生平第一次主动握住她盐津津的胖手，给她春风拂面的关怀："姐，咱能不能以后使筷子夹菜呢？"

"我使不好筷子，夹着太费劲了，都夹不到！"她懊恼又着急。

"夹不到好，就能吃少一点鱼了。"

"不吃鱼我咽不下饭啊。"

"咽不下好，那就能吃少一点饭了。"

"你说我是因为吃鱼吃多了？"

"嗯，我想是的。"被她欺压了十余年，总算是能光明正大地嫌弃她一回了。

凤姐儿将信将疑，却也找不出话反驳我。因为自从我言情小说看多了后，小伙伴都默认我人变聪明了这个事实，儿时尿裤子的事他们也不敢再提了。真是知识改变命运。

后来我外出念书，与凤姐儿渐渐联系少了，只知道她一直待字闺中，或许是因为她一直没有"然后"，所以我从不敢放松对咸鱼的警惕，偶尔吃到也尽量克制，不吃好像就真可以把它给淡忘了。

直到好多年后遇上他爹。

他爹的老家有"鱼米之乡"的美誉，盛产淡水鱼类，刚认识那年的春节，他说从家里给我带来了一条咸鱼。我一听咸鱼，下意识的反应便是好啊，但是我不爱吃呢。哪里敢说爱吃呢！

见到成品后，此咸鱼非彼咸鱼，不是一个类别的东西，他们那儿的是用大鲩鱼腊晒而成，类似腊肉的做法，只是脱干了水分更易保存，烹饪的方法与鲜鱼无异，吃起来也接近红烧的味道，一点都不咸。这样一来我就更不敢说了，难道说我更爱的是重口味吗？

有一次我们去吃葡国菜，叫了腊味烧肉与甜点，上菜前他爹莫名追加了道"虾酱芥蓝牛仔肉"，他说看名字有点意思，不知道虾酱是什么做的。我说我也不知道。如果他善于察言观色的话，那么他便能在刚上这道菜时发现我所说的是谎话。我太熟悉这个味道了，简直眼放金光，不知道咸虾还能用来做菜，实在是惹味之极。

我专心致志盯上了那个菜，筷子像不会拐弯似的在盘子与饭碗间两点一线马不停蹄。直到他爹惊诧，问我确定还要不要再叫一碗饭，我一下断电般醒来，原来不知不觉间我已吃空了两个碗。

他爹似乎发现了点什么，说下回带我去一个地方，那儿的鱼香肉丝及鱼香茄子煲做得都很好，跟这味道有相似之处。我纠正他那两样菜是没有鱼的，对于这种挂羊头卖狗肉的虚假菜式我最看不过眼了。不得不告诉他真正使用咸鱼做得好的菜式只有一个——咸鱼蒸猪肉，只有很少的粤菜馆能吃到，虽然做法看起来很违和，却是好吃到极点。

"哦，那你应该是挺喜欢吃咸鱼的吧？"他爹遂问之。

　　"噢，不，也一般啦。"我机智反应，怎么可能，爱吃咸鱼的后果太可怕了，一不小心你就会撑到嗓子眼，然后就体胖如猪了！况且，我好不容易装成一介文青的样，哪能让那股咸鱼味给我毁了。

　　对了，凤姐儿在我嫁后的不久也顺利嫁人了，听说婚后生了一对龙凤胎，生活过得很幸福。

插画：邱文茵

冰雪奇缘

我第一次吃雪糕应该是在四五岁，那是跟爹妈首次出省城，车水马龙的街市让我应接不暇，五花八门的玩意儿怎么瞅都觉得新鲜。我老爹买了个圆锥体冒冷气的东西给我吃，浓浓的奶香，滑溜溜、凉丝丝、甜津津的，我认为这应该是世界上最好吃的东西了。我爸说，这个叫雪糕。

尝过之后，便欲罢不能，一有空就追着问什么时候能给我买个雪糕呢。爹妈对我基本有求必应。我妈带我外出逛，在面包店给我买了一个切片蛋糕，我从造型到口感没有一个地方是满意的，跺着脚说这不是雪糕。我爸办事回来，给我带回了一个纸杯蛋糕，我只看了一眼便把头埋在旅馆的被子里哭到嗓子沙哑。小孩儿表达不畅，心里委屈到内伤，爹妈至今还不知道那时我是让他们给蠢哭的，一字之差，谬之千里。

真正再吃到雪糕已经是十几岁后的事情了，乡下物资匮乏，能染指的冷饮只有简制冰棍、奶批等。有些东西在该有的时间里错过了是找不回来的，就如让30岁的女人再遭遇一次初恋，那种浪漫心悸对于中年妇女是没啥意义的，还没在超市看到一包打折尿片让她来得激动。反正雪糕我是吃到了，就是再没找到儿时的那个味。自己能赚钱后，逐个品牌去尝试，价廉经典的老字号、金贵奢侈的舶来品，统统敌不过脑海深处那个完美记忆。

也许是儿时的遗憾让我对冰棍情有独钟，20世纪80年代末开始在乡下出现的白冰棍是绝大多数小朋友们的心头好。每逢盛暑时节，总会有人推着二十八寸的半旧自行车，拧着车铃铛走村串巷地叫卖，车尾部架上有一个白色正方形的泡沫箱子，有时为了保持低温会加以旧棉胎包裹，箱子的正中有个圆形小口，上着严密的盖塞，当有买卖交易时，那个盖塞才会被开启，通过小心翼翼地伸手掏取，伴着一股扑面凉气，一根晶莹剔透的冰棍就闪亮出场了。

白冰棍做法极简单，基本是糖与水混合物，价格也低廉，一毛钱递过去还能找回五分，吸溜着那个清凉凉、甜丝丝冰棍，一个小口咬去，满嘴的冰渣子脆爽，即便是毒日当空汗流浃背也多少能抚慰身心。

六七岁的时候，我是村里的小款姐，口袋里随便都能有几个我爸赏的三毛五毛。不善家务的我常年无所事事，慵懒的假日里必然会坐到村口闲发呆，主业是等卖冰棍的。逢人经过，我便与人招呼，说等会儿冰棍来了我可以请他（她）吃上一根。村口人来人往，不过没多少人有空搭理我，大人们要么赶着去地里上工，要么往街上采买赶集，我那半大的小伙伴们多在家里带孩子呢，爹妈一窝窝地生，他们得一串一串地带，亏得我有个不辞劳苦实心眼的妈，什么事都不放心我干，我落得像一独苗似的清闲。

实在没人分享时我就买贵家伙吃，那是两毛钱一根的奶批，相比冰棍的斋寡，这个有油纸包装的，混合了奶粉与几颗优雅的红豆，吃起来有浓浓的奶香味，谈不上花的钱多就会加倍的好吃，但换个花样吃能打发不同的寂寞。唉，人太有钱也是没意思的。

五六年级是吃冰棍吃得最多的两年。体育课上还没有喝水的概念，一口渴就往校门外的小店跑，夏季高峰期，我平均一天能吃八根，长大后手脚冰凉、体虚气短，不知道是不是拜这所赐。按中医的三伏理论，我在最该保暖的天里灌了最凉的冰，还是一根接一根的，太残暴的吃法，但确实过足了嘴瘾。

村里有个婶婶，常以打趣别人为乐，她跟我爸妈说我日后定是要嫁一个卖冰棍的。我不以为然，我爱吃的东西多了去了，我还都得嫁一遍啦？请她瞧好吧。

上初中起，乡镇上的冰棍技术开始改良，种类与口味有了多样的发展，市场推陈出新，随着绿豆冰、红豆冰、牛奶棒的大行其道，白冰棍渐渐淡出历史舞台，慢慢地，大家好似也忘记还有这么个东西存在过。

再长大，出省城念书，开始尝到各种不同的雪糕与创意冰棒，雪糕没有惊喜，冰棒却美味爆棚，明治的豆批系列博得我长久的青睐，还有来自台湾的一种像太阳花样形状的麦芽糖冰棒也是我的最爱，闻起来有淡淡的清香，口感只是微甜，牙齿轻触，软糯顺滑，好吃到没朋友。不过我身边的朋友们更爱吃雪糕，受街头巷尾的那条极具煽情的广告语所引导："爱她，就请她吃哈根达斯。"让人听了心花怒放，是不是真那么好吃不重要，在骚动跳跃的青春岁月，爱最甜蜜。我自己也花血本尝了鲜，白费了钱，比起我小时候的那个味差远了。

我对小时候的情结无意惊动了一位师兄，他拍着胸口说他哥是城里某五星级的西点大厨，改日让他给我亲手做一个，保证超乎我的想象。不过，我婉拒了，开玩笑呢，这要吃完得以身相许怎么办？

我还算是一个时刻警惕后果的吃货。曾有个与我趣味相投的哥们，也喜吃零嘴，雪糕是他的最爱，我俩常常一人一根吃着遛马路牙子，他说再过几年若我未嫁他也未娶我俩就凑合过吧，将来还可以把爱好发扬光大，弄个雪糕甜品屋什么，乐己又助人的。我没点头，我可记得村里那大婶的话了。卖冰棍的？不可能！

没过两年我遇上了他爹，这是个从不沾零食的男人。不会与我争吃的，这个良好的品德让我非常放心，也绝不可能会与冰棍扯上啥关系。

婚后一切安好。过了几年灯红酒绿的生活后，口味与状态渐渐返璞归真，离爹妈远了，时常会想念起儿时吃过的小零碎，而白冰棍是其中之一。

2008年奥运会在北京召开。那年夏天遇见了两处惊喜，一个是喝到了八宝斋的酸梅汤，另一个是发现了北京老冰棍，正宗的滋味一尝就难忘。

怀孕期间，体内虚火旺盛，特想吃冰冰凉凉的东西，又怕把里边的娃儿给冻着了。纠结难耐下我的智慧急增，把买来的雪糕放微波炉热半分钟后再吃，待那滩子暖暖的雪水被拿出来，我被自己的聪明给惊呆了。

即便有心理预期，基因这个东西还是防不胜防，我儿天生也嗜甜，爱吃冰棒类食物。3岁的时候给他买了本图书叫《妈妈买绿豆》，里面寓教于乐事无巨细教了绿豆冰的手工做法，看着有趣便在周末试验了一番。绿豆煮软加上冰糖，然后用料理机打成浆，把材料倒进冰格里，摆上处理过的小牙签当冰棒棍，便可以放进冰箱等冻结了。第二天，拿出冻好的成品，倒小盆温水放置冰格外，稍等见冰格有松动的迹象，手持牙签的外端，亲子DIY的温情牌绿豆冰就可以享用了。

儿子很满足，一根接着一根。他爹也尝了一根，清新的凉意下他心情不错，悠悠然地对儿子说："知道吗？你爸爸在小时候也卖过冰棍哦。"

"真的假的？"我如晴天霹雳。

"当然是真的，上中学时暑假去卖过。"他轻描淡写。

绕了半天还是碰上了。

幸福之泡泡糖

可能是因为地球是圆的，我发现人类对圆的东西都异常有好感。比如五彩缤纷的气球是圆圆的，孩童爱玩的肥皂泡是圆圆的，惹人欢喜的脸蛋是圆圆的，有一种糖果深受大众欢迎，也是因为它能吹出圆圆的泡泡。

泡泡糖，在我的童年里占有很重要的一席之地。它集糖果和玩具于一体，真是个伟大的发明。它经济实惠，一毛钱就能摇头晃脑地嚼上一整天了。

在当时，嚼泡泡糖在我看来是件很时髦的事情，它与海魂衫、白布鞋并肩称为"潮流三剑客"，学校门口站着的那些大哥哥大姐姐们，他们总很酷地翘首站立着，嘴里嚼着泡泡糖，斜着眼跟边上的人聊天，时不时从嘴巴里吹出一个泡泡，接着再"啪"一声破掉，收回嘴里，再吹，再破，那种闲散与从容简直潇洒极了，我心向往之。

悄悄买来一块，花纸包裹的窄长小方条，撕开后看见里面粉白色的糖块，闻着有果香的甜腻味，放进嘴里小心嚼起来，好甜啊！现今想来是那种混合各种香精、甜蜜素的味道，那时的人对于一切有甜味的吃食都不能免疫。嚼了一会儿，糖块比较柔软后，开始试着吹了，我先试着用牙齿展开，再用舌头理平顺，用力一鼓气，随着"噗"声响起，预想的泡泡没有吹起来，糖却让我整块吐飞了出去。好恼火，再来，又给吐了，真是个技术活，我舌头都发麻了，仍然没学会。这样一来，会的人在我眼中就更加值得崇拜了。

既然自动化实现不了，那我便来个人工手动的吧，就是把嚼过的糖吐出来，用手扒拉开，平铺在嘴唇上，鼓气，吹，这样也能鼓出一个小包来。破开再揉平，再吹，倒也乐此不疲。

隔壁家的凤姐儿瞧不上我，她属于实力派，早早就学会了吹泡技术，觉得我这种用手的方式特别幼稚，但看我可以用手捏泥巴似的玩法又有点让她心动，聪明如她，很快便想出了两全其美的办法。只见她先在嘴里收放自如地用舌头打出了几个泡泡，再吐出来用手把玩，搓长，揉圆，摁扁，拉丝，挺有些花样橡皮泥的意思。然后，又一个惊心动魄的举动出现了，她把那坨让她用手玩得有些泛黑的胶块又一次丢回嘴里，重新若无其事地嚼了起来。哎呀，别看我人小智慧不足，但我还是能晓得这样好像不太好吧，我赶忙建议她吐了，她懒懒地瞥我一眼，见不得我大惊小怪的样子，说都是自己玩的有什么关系。我不禁暗暗咽了口口水，压住胃里上涌的冲动，一方面也更加佩服她的潇洒。

终于我也学会了，那种用舌尖顶开，轻而易举就吹出一个大泡泡的感觉确实妙不可言。随着它任意地爆开，黏黏的薄膜破裂在我的鼻唇周围，清新的果糖甜香扑面而来，只需我嘴唇微张，舌尖轻挑，它们又可回到我的口中焕发新生再绽放了。那一阵子，我春风得意，360度无死角，觉得自己哪里都是酷酷的。

也许是我的得意影响了小妹，那个在当时还丁点大的五六岁娃儿受蛊惑似的非要吃泡泡糖，我老爹受不了她的哭闹，一下给她称了一斤回来，一斤不是一颗啊，土豪的思维果真与众不同！我妹那个小魔兽一把把整袋抢过去就牢牢抓在手上不放了，剥开，一口一个，嚼吧嚼吧便吞了，当软糖似的吃得津津有味。

我老娘与我一看都要吓晕了，按有限的知识理解，这么带黏性的东西，吃进去肯定是要把肠子给粘住了的，这样还得了！可怜我妹英年还未到就要幼年不幸了吗？我老爹淡定，根本不把这当个事，说这是消化不了的，反正怎么进去就会怎么出来，怕什么呀。看着她吃得那个美，眼睛都没空眨一下，是没有要遭难的迹象，我们这才还了魂。

这是我第一次见证这么生猛豪迈的吃法。我死乞白赖下小妹总算给我分了一颗，她吃得可幸福愉快了，除了是糖够甜外，更多的得意是我老爹对她有求必应的盛宠。相形下，我那只分到一颗的心情立马感觉童年受到虐待了。

好多好多年后，我还能想起，那天的黄昏，我坐在门前的矮墙上，晃着腿，望着天，嘴里吹着大泡泡，在夕阳的余晖映照下，泡泡在我眼前呈现出梦幻的颜色，我妹在一旁欢声大笑。

长大后，泡泡糖渐渐被淘汰，市面上更新替代后称为口香糖，包装高级了，没那么甜了，功能也由简单的小零食升级为有益的健康护齿食品了，木糖醇的甜是适宜恰当的，自然的口感、清新的气息让广告商们强调情感更趋功利的产品诉求，少了天真的乐趣，多了刻意的浓情。也因时代变迁，精神素养的提升，如果还不分场合乱嚼乱扔泡泡糖也会被视作素质低下，那种任意嚼吐的粗暴式快乐便不能登大雅之堂了。慢慢地，泡泡糖好像消失了。

　　直到有一年家里的小堂弟幼稚园毕业，我去超级市场给他选礼物，在儿童区域的食品货架上我看到了一盒大大卷，会注意它是因为盖盒上有着"泡泡糖"的字样，可谓久别重逢，让我心动念起，毫不犹豫就买下了几盒。启开后里面是变装后的泡泡糖，小圆盒子里卷着彩带状的糖条，果香缭绕，吃的时候可按需取量，挺有趣味的包装。不出所料，这个附带的小礼物深得人心，小男生欢欣雀跃，他悄悄地猫到桌子底下嚼糖果学吹泡泡，还不忘喃喃自语："你们都看不到我，都看不到我。"他对大大卷里的广告宣传着迷不已，认为吹起时就会拥有某种超能力，如让自己瞬间隐形或变大。桌子底下空间局限，很好地隐蔽及发酵了他的想象力。他的快乐我懂得，即便时过境迁，记忆里笑容也同他一样灿烂过。

　　为什么那个吹起的大泡泡能让人感觉幸福与甜蜜？是不是因为它是圆圆的，所以我们无论让现实推着走得多远，也终有一天能回到那个充满希望的起点。

烤红薯的秘密味道

老家村子的不远处有一条小河，那是我上学必经之地，岸对面就是镇上了，我所就读的中学就在那里。小河清澈透底，弯弯袅袅，秀丽如待字闺中的小家碧玉，河边的泥沙细滑，触感如肌，见风起舞。就是这么个浪漫怡人适合谈情说爱的地方，我却让它与烤红薯紧密相连，青春期的多巴胺奉献错位，与情感有关的，首先想到的是那群与我一起在小河边"打薯窑"的好朋友们，那是一段不可忘却的快乐时光。

我的同学俊哥儿也是我发小，他是个天生的野外生存能手，还是个无师自通的美食家，他的这些能耐，成就了我们好长一段空手吃白食的辉煌岁月。

用干泥块烤红薯的方法就叫"打薯窑"，也是他带领着我们干的。小河靠村子的那边都是庄稼地。周末夜黑风高的晚上，我们结队猫腰前行，所有都是现成的，有人扒土块，有人刨红薯，有人掰玉米，有人拾柴火，有条不紊地把该要的材料都往河滩上搬运。一切准备就绪后，垒窑的工作就可以开始了，这是一个精细手艺活，窑是用一块接一块的泥块拼砌而成的，一不小心就会崩塌。这属于俊哥儿的分内工作，因为谁也干不了。通常是我们几个轮着打手电，他则趴在沙面上一心一意砌碉堡，一层层，一块块，巧妙衔接，错落有致，满头大汗方能换来一个密匝匝的肚大头尖金字塔似的泥堡垒。

薯窑垒好后，便要起火旺烧了，先往窑里塞柴，也需要小心翼翼的，因为枝杈不小心碰到窑壁也会引来功亏一篑的风险。随着窑内干柴"噼啪"响，火光熊熊把泥块都烧得透亮透亮的。待大半小时左右土块都通红滚烫后，我们会适时撒上一把刚刚从岸边灌木丛摘来的野香叶子，有些个天然香料的意思。这都是俊哥儿传授的点睛之举，他是个无师自通的天才，叶子渐渐冒香气时也是要熄火将红薯入窑的时候了，用柴炭将底部铺平整，再小心地把红薯从烧柴的灶口放进去，玉米也不用剥叶子整根直接塞入里边。然后关键的打薯窑就要开始了，每人拿一根半手臂粗的竹木棍子，依着两边向中间打，齐心协力把薯窑整个地拍碎，均匀厚重地覆盖在红薯上面，严严实实的。

等待开餐前的心情是激动人心的，我们围着那堆滚烫的土疙瘩勾肩搭背载歌载舞，尽情抒发身上过剩的青春激情。当与空气隔绝的红薯被泥土的热度焖烤至熟时，所有的热闹与癫狂都会随着那一缕缕勾魂的薯香而沉寂下来。分蛋糕似的，还是由俊哥儿主事，执根细木棍儿，从最边沿扒拉起，一条条把带着烫手高温的红薯从泥堆里分离出来，大伙两手来回颠着热气，嘴里呼出冷气，抢而食之，这样的烤红薯，润软新鲜，十分香甜可口。

除了可以放玉米，我们还会应季弄点花生与土豆，同样美味到停不了口。另有一次凑零花钱买了只鸡，把它收拾干净后抹了把盐坨子便裹上泥巴放进窑炉里，结果味美到无以形容了，因为事隔久远，当时分到的又太少，只记得好吃到连同误食到嘴里的沙子都不舍得吐出来，一块囫囵着吞了下去。

不过，还是因为红薯好吃易做且倒腾的经验最多，所以成了年少记忆中难以超越的经典美食。

在家里用柴灶烤红薯则是我的拿手好戏，当然，这些都是私底下秘密进行的事。我妈恐吓说，那种烤炭似的玩意吃多了是要反着长的，日后嫁不出去还是小事，上街都影响市容市貌的。所以我不能明着堵她的心，我得悄悄地干。

刚刚完成晚餐的厨房，温热暖和，是个冬天御寒的好去处。我常常此地无银三百两地哈着气搓着双手做出借火取暖的求生本能，一步三回头地潜伏到灶炉边去，松身毛衣的口袋里总是鼓鼓囊囊，以致衣衫下摆难平，一不留神就左右碰撞，我总要夹紧双肘，平衡重心，全神贯注，才能躲过我妈的金针毒眼，那两块大红薯实在是藏之不易。

拨开通红的火膛，放红薯，再用柴炭掩上，只需简单的几步就完成了。复杂的工作在后头，就是在这之后的20分钟内我得把我妈弄出家去，此地不能让她久留，因为只要烤熟的红薯一冒香气，那真相大白的时候就到了，我费尽心机弄来的劳动成果出路只有一条——喂猪。那时我就是想把自己变成一只猪也难了，因为我妈定会落井下石嘲笑我，连一只猪的追求都比不上，因为猪都不会爱吃那两根黑炭的。它又不会剥皮怎么可能爱吃？怎么可能懂得那金玉在内的精华奥妙呢？

我妈听说隔壁三婶子家的泡菜要起坛了，急忙过去表示一下关注，主要是得起筷尝两口，若是比她做的还好吃那可是要掉分的大事件。

只要我妈不在，事情就好办了。在弟妹的左右护法下，我从炉子里扒出那两块烤出硬壳子的红薯。别看它黑黢黢的，识货的人像我身后那两大护法早已眼睛发直了。待我掰开"炭条"，里面的内容黑白分明，炙烤而熟的薯白因为蒸发了水分显得更加晶莹立体，掀去黑皮，轻咬品尝，粉、绵、干、爽，满口溢香。姐弟几个相互分抢，吃得嘴角乌漆墨黑，像刚钻完炉灶的猫，各自一照，嘻哈大笑，心满意足，实在是好吃到不行。

时光荏苒，长大，成家。怀孕的那一年回去，冬日的饭后，忽然还想试试儿时烤红薯的味道，还是悄悄地，趁我妈走开的空档，吃到的仍是超乎想象的美味，过后再把一切剩余残渣毁尸灭迹。只是没想到，我妈回来后，轻描淡写地说："怎么，又偷着烤红薯啦？"

"您怎么知道的？"我吓了一跳。

"我的鼻子又没堵住。"她见怪不怪似的。

"那您以前都是装着不知道的啊？"

"嗯，看你们人多，也分不来几口，想想就算了。"

害我得意这么些年，原来不过是她在放水，这个真相实在让我有些意兴阑珊。我妈不知道她当年的百般阻挠给我的童年增加了多少冒险的乐趣，如今才知道她都明镜似的看我瞎蹦跶呢，顿觉意趣寥然。

我忽然想到，该不会那些年在河岸边刨人家红薯的事我妈也知道了吧。

"我们以前偷过别人家红薯您知道吗？"

她竟然点了点头，说只要是河边有人聚会打薯窖和刨人家地，那家就会过来找她告状。

"那也不一定是我啊？"真不一定是我，还有别的团伙会作案呢。

"就是赔他们几根红薯，无所谓的。"

"啊，您每次都赔啊？"

"是啊，反正也是种来给猪吃的。"

……

我妈至今仍然不理解，为什么我会那么爱吃猪食。我也不打算告诉她，这个味道在我们小孩儿的心目中到底有多好。

美味在别处

人是恋旧的，又是猎奇的，如对食物的态度，习惯家常的，又好新鲜的，这种唯物辩证的矛盾统一正是我们味觉不断发展进步的原动力。至少，我是这样的，吃货，总是能找到合理借口的。

两三岁时，第一次外出见世面，我妈说那整条车厢上的零食全让我临幸了一遍，最后还在一位陌生阿姨身上尿了一泡才尽兴而归。我对她这种恶意诋毁我形象的行为给予了强烈谴责，我是不可能相信的，最多承认爱在火车上吃东西是真的。

我对火车的情结来自轰隆隆的轨道声，左邻右里的交头密语，流动的餐车，粘在一起的木筷子，站台上各具特色的吃食，此起彼伏的叫卖，那里繁华一隅，尽现人间烟火。

在我童年关于异乡美食的有限记忆里，全都定格在火车的方形小桌上。火车上那条狭长的走道和敞开大半能伸出脑袋紧挨站台的车窗，这两个地方是输送美味的机关要道。窄窄的餐车，悠长的叫卖，山歌似的从那些漂亮的女乘务员口中婉转滑出，由远而近，再由近至远，永不停歇，总那么热闹。陌生的站台上，即便只是三五分钟短暂的停留，也足够让爱吃之人争先恐后与车窗底下的小贩讨价还价采买一番了。

异乡的美食，与隔壁家的饭香是一样的，本质虽相近，却总被认为是更好的。

8岁那年暑假，随我爸出差晃荡，十五个小时的车程显得过于仓促。因为我实在忙碌，站点太多，乘务员太勤快，把我吃得应接不暇。刚放下鸡腿饭，又买糯米丸子了，那个番石榴怎么会这么香呢，我得尝尝，酱猪蹄怎么又来了，卖粽子的请等一下，大蒜我还没吃过泡糖水的呢，哎呀，我堪比神农尝百草，鸡脚的咸香，石榴的青涩，猪蹄的爽滑，粽子的粉糯，大蒜的酸甜……通通我都爱。

我妈问我，有没有我不喜欢吃的东西呢，我想了半天回答她，其实还是有的，一般吃饱后哪样我都不喜欢吃了，不过，这个可能性很小，因为不到塞无可塞，我是不舍得饱的。小孩儿时精力过剩，有玩有吃的，满车厢地疯跑，怎么可能饱，所以，便可以一直狼吞虎咽，胃纳百川。

大概好吃的人智商发育都比较迟缓，那会儿我还不会花钱，见到吃的只会张嘴喊："爸，我要吃这个，我要吃那个。"我爸是我的保姆、保镖兼账房先生，后来他烦了，便把一大堆中小毛票放桌面上，任我吃什么，钱由售卖的人随便拿就行了。这样一来，他倒头睡了，卖货的也省心了，只要每趟照例到我这儿报到，再看货拿钱就行了。现在想想，有个亲爹的童年还是很幸福的。

待我长大后，多了个爹，那是我孩儿他爹，他对我就明显差远了。当然啦，单凭一面之词也许会认为我不够客观，根据被告的原话，他的出发点是好意的，主要是怕我吃坏了。

"你能给我买点这个吗？"我指着一摊卖麻辣烫的。那是我俩婚后第一年出省游。

"一滴香调出来的味，不能吃。"他爹摇摇头。

"那这个呢？"我指着另一摊卖煎饼的。

"地沟油做的，不行。"他爹摆摆手。

"那买碗喝的吧，这个看起来挺干净。"我退而求其次，指着冰粉摊。

"糖精，一定是糖精兑的水。"他爹斩钉截铁拒绝。

我严重怀疑在认识我之前他是不是都干过这些走鬼营生，要不他怎么能这么清楚人家的假冒伪劣及内部术语呢？

"臭豆腐，我一定要吃！"我忍无可忍。

"知道臭豆腐是怎么变臭的吗？"他爹给了我一个惊人的可能性。

我欲哭无泪，茫然四顾，想想数年前火车上那些热情兜售食物的人们，有着亲人般的可亲可爱，而现在，在路上卖吃的人全都变坏了吗？

旅行的路上，要是缺了吃的，那就成苦行僧了，他爹就像是观音娘娘派下来监督我修行的。

与他共同进餐，如果我少吃一点点，他会千方百计把自己的那份饭菜剩下来，苦口婆心劝我多吃些，说他太了解我了，他饿了可以忍忍，我饿了是要敲锣打鼓挠心挠肺的。我真是泪往心里流，悲伤透了，道不同难以为谋啊，我吃饭就是为了不饱然后可以再吃点别的，他吃饭是为了饱然后可以再做点别的，我俩这辈子算是相互耽误了。

幸亏，工作上还有因公出差个人作案的机会。广西的螺蛳粉，湖南的口味虾，苏杭的桂花糕，南京的盐水鸭，上海的生煎包，武汉的热干面，四川的酱烧白……这些都是我劳累旅途烦琐工作的支持。吃饭不积极，思想出问题，口欲之欢是基础，这个没整好，其他上层建筑就别谈了。

一个陌生城市给予人的温暖，也必定与肚子息息相关。

第一次去北京，前门大街上那家炸酱面馆，以八块钱海大一碗的宽厚诚意及滑韧香醇的家常味道抚慰我那颗惶恐失措的心，以致后来去人民大会堂客串路人甲时我也斗胆雄赳赳气昂昂的。自己人，不打紧的，看，无知者就是那么无畏。

在厦门，一个小店的海蛎煎满足了我对鲜香的所有要求。呈微微焦黄的蛋饼上镶嵌着硕大的蚝粒，葱花适当点缀，火候刚好时，香味扑鼻，绕梁不散，新鲜的蚝肉是亮晶晶的、颤巍巍的。放入口中，饼脆夹着软嫩和着葱香，唇舌打架般争先恐后，这个在我印象里小资矫情的城市用十二块钱的良心出品呈现了它素雅朴实的一面。

或者说，轻而易得、大众亲民的才是异乡美食的精髓。

同事去日本，大伙郑重托付，电子、日化、衣饰列了满满的清单，问我是不是也想带点化妆品什么的，我缺心少肺嘻嘻哈哈，这些身外物对我都是可有可无的，只要能帮我打包个章鱼烧，我的脸必定能开出蓝莲花，比涂起化妆品来光彩多了。

一个章鱼烧多少钱？却能尝到异国他乡的烟火味，这个才贵重。

见证真爱的蹄髈

蹄髈，我把它统归为猪腿的一个整体，不具体区分部位，因为我对它的欢喜程度不分前后与里外，或肘子或猪脚，所有的我全都爱。

在关于一个淑女的生活手册里，有些食物是明令禁止的，比如田螺、螃蟹、猪蹄。有些我能忍，有些可忍可不忍，只有蹄髈我忍无可忍，一见必破戒。这也是为何会前功尽弃最终嫁入穷门的原因了。

他爹说永远难忘初识时与我吃的第一顿饭，在他眼中秀丽窈窕的我，素脸寡言似有不食烟火的清纯，就是这么个仙女似的女子竟然不动声色地点了一盘红烧蹄髈。席间我左右开弓撸袖抹嘴，一系列的威武坦荡，一看就知道是个惯犯。理想与现实的反差，他爹顷刻如遭六月飞雪，冷了个透心凉。

其实人家平时不这样的，只要大快朵颐后我又婉约端庄如处子了。

这么分裂也是有原因的，可以追溯至我的童年啃鸡爪子那个时代，但凡与骨头有关的东西我都爱。蹄髈是有骨头的肉，肥而不腻还带皮，简直是翻了倍的美味。我一直暗自认为一头猪的精华全集中在腿上了，这部分的肉纤维细软，肌肉组织中含有较多的肌间脂肪，皮厚、筋多、胶质重，经过烹调加工后肉味特别鲜美。一般人我可不会告诉他。

先说下半部分的猪脚。在广东，猪脚与女人滋补这件事息息相关，我们家女多男少的配比不知道是不是给了爱吃猪脚的我提供了理直气壮的理由。

猪脚花生汤是我儿时最常喝到的汤类。经常是我爸扛回一只雪花腿子，先收拾去杂毛，有时会用火略烤一下，稍微泛黄便可，清洗干净后把蹄骨砍块下锅了。按我爸粗鲁的习性，焯水是不需要的，花生也是不用泡的，不管青红皂白同放一起旺火开烧就对了。我妈娇情一些，讲究细节，等我爸风风火火把事办了个大概就做甩手掌柜后，我妈这时才会有条不紊过来加几片老姜，撇去几勺汤里的血沫子，汤好起锅前的调味她也不忘撒一小把事先准备好的葱花。别小看这可有可无的几下手势，那都是点睛之笔，色、香、味全靠它了。从这我发现男人跟女人的搭配实在很奇妙的，各自差异的互补是天衣无缝的。有时遇上桌面菜式少，我妈便会把花生及肉块捞起，沥干后热锅放香油拌以蒜段翻炒，酱汁上色后起锅，一道红烧猪蹄便完成了。猪蹄的韧爽，花生的绵香，配以奶白浓稠的鲜汤，这样的晚饭是心满意足的。

长知识后开始有些费解，这么滋润丰胸的食物在我们家没起什么作用，我们姐妹几个至今仍没有超越B罩杯的，我琢磨着是不是也跟药一样吃多了便有了抗药性，倒是我爸，心宽体胖，胸肌却是可观，或者说补岔了？

　　身为广东人的我爱吃咸，也能吃甜，猪脚煲姜就是一道在我心目中绝对经典的甜味美食。

　　猪脚姜，广东产妇坐月子的传统食补方之一。生姜、猪脚与鸡蛋佐以甜醋同煮一大砂锅，每日两碗，可补气血，驱风寒，去恶露，还能修复子宫，养身催奶。功效神奇，做法也简单，老姜洗净去皮，用刀背拍裂，炒干水分，甜醋汁倒入砂锅，煮开后放入炒过的姜，小火煲约半小时。等姜出汁与甜醋融合入味后，加入焯好水的肉块及剥好的白水蛋旺火烧开，文火慢炖即可。煲透的老姜脸而不辣，猪脚皮软而不腻，黑醋甜香而不酸，鸡蛋弹牙入味，真是醒胃可口，老少咸宜。

　　土生土长的广东产妇，月子期间总能不断收到来访亲友赠送的新鲜猪脚与土鸡蛋，先给亲友端上一碗已煮好的猪脚姜，再把新的食材放到老锅同煮，这样循环反复，新鲜与美味便一直能持续到出月子了。

　　好让人羡慕的待遇，这生了娃的女人吃得再生猛都是情有可原的，况且剁碎后的肉块已软烂至入口即化，不需再啃得霍霍生风。童年时去探望长辈，我吮着猪蹄骨时就在暗想，要到何时我也能半躺在床上想吃几碗便吃几碗呢？以致我早早盼着能生个孩子就好了。吃货的思维总是那么与众不同。

书接开篇，话说他爹见了我本性后为何仍娶了我呢。因为，我除了爱啃骨头外别的也没啥大毛病了，他思来想去货比N家后便收了我，从此，我便一入穷门深似海。幸好蹄髈这玩意还不比人参鹿茸，周末逛菜场时咬咬牙跺跺脚也还是能扛回一只的，既然吃肉这个问题能解决，我也就不惦记着哪扇金门朝哪开了。

在生鲁稻子的时候，因为猪脚姜的缘故，他爹也改观了些对此物的野蛮印象，认为只要收拾妥当还是可以试一试的，所以，才有了婚后我对肘子全情发挥的机会。

其实上半部分的猪肘子才是名副其实的蹄髈。

在我眼中，一块上好的肘子，它必须是要够分量的，提起时得坠手，放下时能颤抖，有型有料是关键。无论一个人，或是一种食物，能与我有缘必定是属性相近的，婚后心宽体胖也常受他爹的埋汰，"看你虎背熊腰的样就跟只肘子似的"。这话我笑纳了，就因为我喜欢这一口，所以我可不能嫌弃自己了。肥而不腻，软而不烂，多实在的夸奖啊。

怎么吃从来都让我充满期待，当然肘子的烹饪技艺当以东坡先生为鼻祖，他原籍四川眉山，在湖北黄州任团练副使时经常做此肉，曾有诗为证："黄州好猪肉，价贱如泥土。贵者不肯食，贫者不解煮。

慢着火，少着水，火候足时它自美。"成品便是现在的东坡肘子的前身了。

我没有大师的创造力，剽窃旁人倒是马虎，惯常的做法看似复杂却也简单，细火慢炖为诀窍。

猪肘刮洗干净，准备好葱姜大料，冷水锅里焯开，沥干，在表皮均匀地涂抹酱油，下入油锅煎炸至肘子表皮上色，工序到此时可以将肘子放入高压锅了。这时空出的炒锅中再加入适量的油，爆香八角、桂皮等香料，加入葱姜煸炒出香味，调好酱油、冰糖和盐的比例，完事盖上锅盖，压50分钟后关火，焖至两个小时以上，开盖后取出肘子，浇上汤汁，上蒸锅蒸制一个小时，周末一大早从市场到采买、开工到出锅，勉强能赶上中饭，耗时近四小时的大菜将以最优的状态向众人证明它是值得等待的。

汁，浓郁红亮；皮，糯软绵润，略有嚼劲；肉，瘦肉酥烂，肥肉细嫩。那个口感，那个爽滑，那个酱香四溢。你要能扛得住，在这个时刻跟我提减肥，我一定报警来捉你，你也肯定不是地球来的。

他爹也沦陷了，虽然只是浅尝辄止，但终使我免去了他外星人误入我星球的嫌疑。

最近我说要写一篇关于蹄髈的食评，那天他从市场里提回了一串被砍得支离破碎的蹄子，虽然他仍旧板着脸一声不吭，但我想，在他的容忍度里，就是真爱了吧。

健康杂粮猫仔饭

    小时候，晚饭时间永远是最忙碌的，那是放学回来与小伙伴们聚首交换一天情报的时刻。我们班王小山语文测验得了6分，用"果然"造句："我吃了一只苹果然后就饱了。"隔壁家凤姐儿跟同桌画三八线了，不知道他们俩今天谁挨揍了？

    这么多新鲜事够蹲墙角边好好说说了，所以支持我们唠话的器具要齐全，准备要到位，一个大海碗装的饭必不可少，面上再加各种菜肴，以竖插起的筷子为标杆，整齐码出一小山尖来，满满当当。

    古人说食不言寝不语，这对我们这些没多少文化的人是行不通的，说话也属下饭菜的一种，自小养成的习惯延续至今，所有感情都是在你来我往的饭桌间嗑出来的，当吃饭都没话了，大概也到要寿终正寝的时候了。

    当兴致勃勃说话时，饭菜也会变得异常可口，因为注意力全在聊天上，吃的形式就不太讲究了，看着碗一口饭再一口菜的顺序很难执行，为了方便，我都是拌在一起，饭、肉、菜、瓜、豆和着各种汤汁，呈现出你中有我我中有你的和谐状态，一勺下去，层次丰富，津津有味，边吃边聊，无限增进以话下饭的快感程度。

长大了学习知识后，文化有所进益，不敢在公共场合捞饭吃了，通勤应酬时还得谨记商务礼仪，按程序进食，按规矩慢咽，那种由菜、肉、主食到甜点的形式主义对我这乡下来的粗人真是个折磨，分得再清，吃进肚里还不是要大汇合吗？费这事又何必？一到这种高雅场合磨洋工时我总会幻想下一道给我来碗猪油捞饭吧，加上杂菜拌一拌，这就踏实了。我保证，我会继续优雅地坐着，一样整洁无虞垫着白餐巾。

我的本色行为只能留在家中展现，想怎么拌就怎么拌，要什么味有什么味，番茄鸡蛋捞出来的饭是酸酸甜甜的，青椒肉丝捞出的是麻辣鲜香，咖喱牛肉捞出的是绕齿醇香……这是多么伟大的发明。

结婚后，嫁了很互补的男人，不知道是幸或不幸，所谓互补的另一层意思就是两人常常不在一个频道上。比如吃饭的习惯就很不一样，他必须要把所有菜与饭分得清清楚楚，在碗里那块鱼没吃完的同时肯定是不会新增一块鸡的；根根青菜要分明，梗是梗，叶是叶，最好能分两盘炒，实在要凑一起必须头挨头尾对尾，当他把这个提升到素质的高度时，我就是个乞丐转世。可怜见的，他本着普度众生的慈悲心肠勉为其难地收下了我。不然，这玩意他也退不了货啊。

有一次去朋友家赴宴，下厨的是男主人。他身手矫健，忙前顾后伺候着一大桌子老少娘们，等大伙都吃完转去客厅喝茶歇息时，他才慢慢地打扫残羹剩饭。我惊鸿一瞥看到他在用半边馒头蘸菜汁吃，这简直让我眼前一亮，觉得这哥们的吃相实在太豪迈、太潇洒了。他爹曾不屑地跟我说，一个人吃饭的态度就决定了一个人的生活态度，像我这样的就知道属于生活难以自理型的，我看这哥们就挺替我们这类人长脸的——能干能吃型。

不过关于吃饭与性格我倒认为具有一定的相关性，比如他爹爱是爱，恨是恨，喜怒形于色，一旦发现问题决不马虎。而我呢，不善拒绝，态度容易模棱两可，做事喜欢和稀泥，貌似没原则。但我也不自卑呢，这样你好我好大家好不挺好的吗？所以，别光看我碗里边是有些个狰狞，可这也进一步说明我是个注重内涵的人啊。

当然，能欣赏我内涵的人是少之又少的，身边也有友人忍不住建议，韩式石锅拌饭不失为一个理想的替代选择，起码看起来名正言顺高雅些吧。是的，石锅拌饭与我的口味的要求接近，但因是舶来品，异国食材大多不太认得，我这人向来目光短浅又不愿虚心求教，一看那个整锅的红褐色大酱，吃起来辣椒不像辣椒的，这让我的味蕾很是尴尬，便也没给自己机会去深究了。我认为这饭式有些太端着了，按着"No zuo no die"的原则，我还是更爱我自创的那个味。

工作出差到福建，惊喜发现新大陆，我爱的那一口在这儿登上了大雅之堂，杂食的形式被冠以"猫仔饭"的通俗名儿成了当地特色美食。

慕名去吃前还听当地朋友讲了段内典故，一则关于"猫仔饭的来由"。

话说古时候有一位秀才，满腹经纶却家境贫寒，平日里常有官绅地主因他的才气请他去吃饭，每次赴宴他都会每盘菜夹一些悄悄存起来，拿回家再煮给自己的母亲吃。有一次，秀才的一位同窗好友到他家里吃饭，于是他破例宰了只鸡，还买来了酒款待他。席间朋友边吃边疑问，是不是他们家还有好菜没有上呢，怎么闻着那么香。找来找去终于找到正在煮的杂菜，遂问之，不得已他只能说是给猫吃的，不想朋友尝后说真香，并回去如法炮制再加以改良，这道菜便在民间流传开了。

原来知音在几百年前就出现了，找得小女子好生辛苦，人还是个有文化的秀才呢，不算掉分了。

猫仔饭的主要原料有：晾干的米饭（七八成熟），切片的鲜猪肝、瘦肉，应时鲜鱼、虾仁，煮熟切丝的鸡肉，切丝过油的香菇、青菜，等等。食时，将米饭及各种原料放入盛有猪骨汤或鱼汤的小铝锅中，加热煮沸，加入盐、香菜、葱、蒜、酱油、胡椒粉等佐料，搅拌片刻，即成，起锅盛碗。

记得那是6月盛暑天，我在那个只有大摇扇的小店里与人争先恐后、汗流浃背地呼噜哈拉，吃得面目全非，那个清爽可口，鲜香美味让我现在想起依然舌底生津。

回家刚进门我便跟他爹叨叨，晚上瞧好的吧，这次出远门我可长见识了，我要给他的健康加道菜。等我把山寨土制版的猫仔饭奉上时，他爹脸呈馄饨状，吃也不是，这糊成一锅粥的玩意看了就影响食欲，不吃也不是，我把冰箱里能吃的全都放进去了，不吃就只能喝西北风了。

餐桌上，他爹像个受虐的小媳妇，筷子举在半空，看看碗里，再看看我，就是不落筷。我胸有成竹目光坚定地看向他："一、二、三，跟我来，左手持碗右手搅拌，一口一口再一口，细嚼细嚼再慢咽。"

好了，荤素淀粉维生素，全给他补齐了。

爱吃螃蟹很疯狂

现今说起螃蟹能引出一连串的关键字，金秋，节庆，阳澄湖，贵价，上海人。螃蟹让上海人吃出了品牌，吃出了高大上来。早前听坊间流传，上海人吃螃蟹都是很隆重很有姿态的，跟过年似的，要着正装，有专门的吃蟹小工具，耐心费神，一只螃蟹能吃上好几个小时。后来有幸在一次饭局中瞧见，还真是所言不虚，服了。

那哥们怎么说呢，应该是他们公司充话费送的，不然他不能在这样的场合吃得如此投入，正事全忘，当真吃饭来了。怎么归纳我这次的观后感呢，三个字，"稳、准、狠"。"稳"是因为他坐得稳当端庄，吃相稳健；"准"是他挑螃蟹的眼力，一筷子夹起，准是母蟹，出于礼貌，他也给边上的我挑了一个，鉴于有这份恩情，我对他的好感终究保留了几分；"狠"是形容他吃得细致，一丁点儿的旮旯边角都不放过：先吃蟹腿，每条腿分三节，每一节都慢慢剥开小口，用牙签把一节完整的腿肉剔出来，放进嘴里细嚼慢咽，将蟹腿收拾干净，再用同样的方法吃两个"大螯"，连芝麻粒大的肉也不舍弃。要搁在我家这么个吃法，我妈肯定得哭得稀里哗啦，这是得多缺粮食才要这样啊！接下来的程序就是掰开蟹壳吃蟹黄了，只见他往蟹壳里注入甜醋汁，用筷子将壳里的蟹黄同佐料一起调拌均匀，再一点点地细细品尝。剩下蟹身的肉，先剔除鳃，再小心剥除蟹壳，剥出的蟹肉放在自己的小盘中，沾在壳上不易剔除的碎肉同样用牙签小心抠出来，直到所有的肉都抠完了，才蘸着佐料汁，慢条斯理地吃起来。最后连蟹尾巴夹层的蛋白也让他收拾干净了。一只蟹吃到最后，真是毛都给他吃完了，能剩下的只有壳了。

一路观摩下来，我实在是佩服，他实在是太能磨洋工了。我除了在吃蟹膏那档儿能多少跟上点他的节奏像模像样外，其他的都是嚼巴意思一下便掩嘴吐掉了。我就是有些个神奇，充话费送的也能像天生的贵族一般吗？我咋就生得这样让人闹心呢！

对，主要是我妈闹心。

在我还很小的时候，有人就看出问题来了，一些年长的大爷大娘们见了我，很严肃小心地问我妈："你是生她的时候在月子里吃螃蟹了吧？"

"啊，没有啊！"我妈不知所指，茫然失措。

"嗯，看你这个小伢的样子，不像是没有吃过。"大爷大娘们神色谨慎地对着年幼的我大摇其头。

"怎么啦？她是怎么啦？"我妈被吓得要疯了。

"我看她精力有余，四肢抖动，一刻也不停歇的样子，就是跟月子里喝了螃蟹下的奶症状一样，你还是要去找仙姑给她掐算一下好些。"有经验的好心人同情我妈，好歹是给指了一条明路，让她带我去神婆那儿给治治。

我妈联想到我平日的种种表现，越想越觉得我有病，不然好好的一个女娃，咋就能那么疯癫、闹腾呢！她便哭着回家找我爸去了。

我那英明神武的老爸一听，乐坏了，哈哈大笑问我妈月子里也没有吃过猴子肉吧，我不还是会上蹿下跳嘛，就是比别的孩子活泼了一点，这能有什么毛病啊？

不然怎么说做人还是要有点文化呢，我是活泼不是疯癫。现在一想到我童年因为多动差点要被送去治疗，我就想现场来套街舞给自己压压惊。

家乡的俗语老话中，女人在怀孕或坐月子时有好多禁忌，不能钉钉，不能移床，不能吃带毛须或带爪子的东西。比如钉钉，小孩便会长痣；吃带爪子的，小孩便会手脚多动，停不下来。我妈会那么担心也是不敢保证她在怀孕那么长时间里有没有误吃过一两次螃蟹汤，因为那是我爸的又一杰作，螃蟹冬瓜汤，一喝便停不了口。螃蟹属寒凉之物，孕妇忌吃是没错的，大概前人的本意是对的，只是经过后人的以讹传讹，便成此番谬论了。我妈贪嘴，不识个中缘由，或许是吃过的，但也没误大事，没影响我顺利发育成人。

在开始用味蕾选择爱好后，亲自检验了这道汤的水准，真不能怪我妈了，确实是神仙也难以抵挡的。我对蟹的热爱便是由我爸的这碗汤开始的。

只需花蟹三两只，对半斩开，搭以排骨半斤，冬瓜带皮切厚块，等肉汤滚开后放花蟹与冬瓜同煮，扔姜两片，煮40分钟左右，即可调料上桌了。步骤简单，操作易行，只因食材足够新鲜，煲出的汤水就是可以这么清澈见底，鲜甜沁心，一碗复一碗，让人欲罢不能。

喝完汤便开始啃内容了，煮熟的蟹是极好看的，那个明亮艳丽的红色挺能助长食欲。这时煮透后的蟹脚呈半透明状，我可以很轻松地一把便扯下四根，横七竖八地丢嘴里面，像收割机一样呱唧呱唧过滤几下，再吐出来，别看糊涂一片的，我觉得精华都让我给吸走了，还是鲜甜鲜甜的。把壳掰开，里面的肉跟蟹脚里面的肉一样形同虚设，就是吃个意思，我再度嚼巴嚼巴，算是吃完了，虽然嘴里始终没捞着啥实在东西，但心里是满足的。就像经历了一场有谋略的美人计，也是心甘情愿的。

花蟹属于海蟹的一种，能吃到新鲜的不多，价也居高，平日能打打牙祭的是稻田边小溪旁摸的土蟹。摸蟹也是件充满童趣的事儿，我老爸领着我，拿着网兜子，专找那种稻田中有孔有洞的地方，一手挖下去，有挠手感便对了，那是被围裹的蟹在挣扎乱窜着，有经验的一手紧紧捂住它，它就动弹不得了。我是经常把蟹给"钓"出来的，因为捉不牢，它把我的手指钳住了，疼得好钻心，为了吃，我唯有忍辱负痛嗷嗷大叫着把它扯出来再扔进网兜里。有时候它也很狡猾，我们刚从这个孔眼摸进去，它便在不远处的那个小洞里跑了出来，小小个的，好灵活，顶多两个拇指般大，"小鳌"呈红褐色，按这个品类来讲有这般体积已属粗胖了，吃起来有肥嫩感，比较津甜，而且难能可贵，里头还有一点点红膏呢。

满载而归后，把它们全倒在一个大木盆里，用井水养半大，我拿根小棍在边上守着，碰到想逃跑的，我就等着它铆足力气往上爬，差不多快成功时就把木棍往盆边划拉一下，它便前功尽弃了。螃蟹中也有许多执着的"二货"，与我兴趣相投，它一直爬，我一直拉，它跑不出去，我也停歇不了，倒也不亦乐乎。

在烹饪上，我妈爱红烧，放些葱姜蒜末就焖煮一大锅，这样较为鲜甜；我爸喜油爆，被油爆得酥酥的，再给点辣椒末进去，也是香脆可口，当零食便可以抓上一把，嚼得嘎吱响，基本可以不吐渣，都能吃进去。我见过邻居家奶奶还有另一种做法很显神奇，就是给它捣碎加些盐和酒之类的腌起来，弄成咸酱，再封存，我没有试过这是什么味，但想也是不错的。我还是喜欢那种整只扎实的，能嚼出霍霍生风的快感的。

也许先入为主的观念了，对于蟹便一直是这么一副不堪入目的吃相。所以，我会惊呆于那位上海朋友的高段位吃法。我妈曾教过我，千万别在生人面前暴露对蟹的痴狂。她对我好没自信的，她不知道我也是明大义的人，关键时刻我是可以忍而不发的，像在那个饭局中，我也就意思一下就停下来了。

我只在熟人面前吃。

他爹是被我第一个归类为熟人的陌生人。我与他相识在秋天，第一次吃饭，点了一大盘红烧蹄髈，第二次吃饭便啃了若干只清蒸蟹，好不过瘾。

我想着朋友首要便是坦诚相对吧，只是没提防在别人都误以为我是女神时，只有他爹知道女神私底下女大嘴的真相。如此，我不得已嫁给他来封他的口，这也是别无选择了。

婚后的第四个年头，一日半夜归来时，他给我提回两只印有"阳澄湖"标识的大闸蟹，把我唤醒来吃，我揉着惺忪睡眼既惊又喜，喜是不消说了，惊的是我俩都那么熟了，咋还这么破费呢？

那些我所知道的神奇美食

吃东西其实也是讲究创意的，所谓神奇大多不过是民间智慧的不同表现，习惯的称作美食，不习惯的便谓之神奇了。

从尼泊尔到印度，那一带的洗手间是没有纸巾这个说法的。在那儿，水是圣洁之源，如厕的边上会有水及一个空碗提供使用。单看这个还好解决，咬咬牙入乡随俗便罢了，但是完事后若恰逢用餐，这接下来的举动可不是咬咬牙就能克服的。如果他们都在盛情邀请你进行手抓饭这项美食的话，你那刚刚行使完圣洁仪式的手还能伸向餐盘抓起食物往嘴里送吗？光想象都觉得很艰难吧？

此后，只要一看到有人在吃手抓饭我便会条件反射，肯定他（她）必是刚从洗手间出来的。一个朋友见我跟得了强迫症似的，宽我的心说："不是还有吃完饭再上厕所的选择吗？调个顺序，就皆大欢喜了。"

调个顺序？一天三顿饭有时再加个夜宵啥的，你把这个重要环节调到哪一顿之后合适呢？

反正怎么说，拼死我都是要用筷子的了。筷子是个清明中立的好伙伴，它对食物的探索可深可浅，大快朵颐或浅尝辄止，它心中有数，从不失分寸。像那次在北京初次品尝豆汁，我最为庆幸的还是用了筷子。

我对豆汁先是从字面上理解的，我理所当然地认为它是豆浆的一种，所以，在店伙计给我端上一碗色泽灰绿，闻之有泔水般臭味的稀糊玩意时，我都要哭了。我知道北方人口味较重，但不知道都重到这份上了。边上有一老先生，点的跟我一样，他驾轻就熟地端起那碗东西就喝了起来，中间还夹了点咸菜，再放一个炸面圈似的小饼，啧啧有味，那个潇洒跟我们南方喝白粥时的轻松愉快是一样一样的。

我用筷子蘸了一点点，小心翼翼放在舌尖战战兢兢舔了舔。只是这么一点点，我就尝到了酸、苦、臭三种层次分明的味道，多危险啊，还好不是喝。我实在好奇，凑到旁桌跟大爷打了声招呼，指着他那碗豆汁请教：“这个很好吃吗？”

这话明显是多余的，我只是没法相信真相，所以力求人言证实罢了。虽然我已有心理准备，但大爷的回答还是震到我了。他言简意赅、中气十足、掷地有声的一个字：“香！”碗里余下的三分之一他缓缓饮尽，脸上满满是意犹未尽的满足感，这个动作与表情证实他没有骗人，确实是真爱才能做得到的。

后来偶然翻看《燕都小食品杂咏》，里面有对豆汁特别的赞誉：

"糟粕居然可作粥，老浆风味论稀稠。无分男女齐来坐，适口酸盐各一瓯。"并说，"得味在酸咸之外，食者自知，可谓精妙绝伦"。不禁心动念起，想着下回出差再遇见，一定好好品一品，一直这么想着，却也没有再试过。

相对而言，折耳根是能经常看到的，餐桌上、菜场上屡见不鲜了，而我就是与它命中相克，难以契合。

折耳根，多好的东西，清热解毒，抗病抑菌，既有菜的鲜味，又有药的功效，哪里还有比它更好的食疗呢。喜欢吃的朋友都这么游说我。

这个东西怎么说呢，如果我跟你讲，它在我嘴里的味道就像在吮一颗锈迹斑斑的螺丝钉，还像在嚼一条腥味浓重的小活鱼，那个铁锈味与腥味太难闻了，如果硬要我吃，简直可以间接谋杀我对其他美食孜孜不倦的万般追求。

所幸它纵使再面目可憎，有一点却是极好的，就是与什么菜拌在一起它都不至于同化了别人。从来你是你我是我，相互映衬又各自出彩，它既宽容又清高，傲气也孤独，这是我还能与它和平共处的理由。面对这么一个颇有节操的高手，起码的尊敬我还是有的，就当是英雄惜英雄了。

木耳菜与秋葵按说不该同以上混为一谈，它们体貌适宜，并无明显唐突之感，它们主要是以自身的黏液取胜才登上了排行榜。

木耳菜俗称鼻涕菜，此号实在是贴切之极，它的那股子黏液劲让它在口腔里显得特别不正经，东拉西扯，东倒西歪。一个不经意我还没来得及嚼，它便要整个滑进了我的喉咙，有时一着急想先给它一通乱啃，却是左右难聚焦还把自己的舌头给咬了，如此狡猾不受控，让我一顿饭下来，身心俱疲。

首次吃秋葵是误把它当辣椒买来的，切开后掏了籽准备弄一盘小炒肉的，直到起盘上了餐桌动了筷，才通过嘴巴处得知自己眼瞎了一路的事实。把它与辣椒相提并论是难为它了，相对辣椒的豪气风火，它斯文得像个扶不起的阿斗，软绵绵还滑溜溜。后来，也不知是哪儿吹来的素食保健风，把它捧得天上有地下无的，看在它这么贵的分上，我也渐渐没那么瞧不上它了，姑且保留了一周又临幸了它一次，慢慢也觉得它挺像那么回事，有点儿好吃的意思。

与秋葵一样被洗脑后离不开的还有皮蛋。这个皮蛋它还真不是那么平易近人的，国外人称它为老蛋。我在一档生存大挑战类的电视节目中看到，接受挑战的主人公们在迫于无奈的情景下要做出选择，要么吃老蛋，要么吃生的羊睾丸。哎呀，你猜怎么着？他们竟然都选择了后者！可想而知，对于不习惯的人，皮蛋这个东西的挑战指数有多高。

刚参加工作那年，同单位一帅哥为人热情友好，休假返乡归来说给我带回了好东西。看他一脸泛起一阵阵要给我惊喜的潮红，我也配合他给予了期盼。随着他做足前奏的闪亮登场，一袋皮蛋华丽丽地就出现在我脑门的前上方，我想象不到这么个暗沉黑乌的玩意与好吃能有哪门子的关系。帅哥见不得我疑惑的眼神，为了证实其让人忍都忍不住的美味，当场给敲开了一个直接就往嘴里送，一边津津有味吃得口沫四溅，直到那股子土腥味把他的男神形象一点点地掩盖掉，这是个特别成功的自黑案例。

在认识他爹时，他从没在我面前吃过皮蛋，他是在婚后才吃的，还隔三岔五整上一盘凉拌的当前菜，隐藏得可够深的，不过已没办法了，民政局大概也不能接受这种理由的散伙案件，那就同甘共苦吧。屏息闭眼吃了几次，发现也没那么难入口了，有时还能感觉到点清清凉凉的，咂巴咂巴还挺香。人生最可怕莫过于你在不知不觉中竟然爱上你原先超级瞧不上眼的东西；人生更可怕的是，你瞧不上眼的东西，你的孩子与生俱来就特别特别的喜欢。是的，我儿子两岁多起，就非常爱尝皮蛋的味，不说了，说多了都是泪。

一次与同学玩笑，说起我的这个神奇美食排行榜。他举重若轻，说我这算不了什么，他亲弟那无师自通创造的菜式，可以直接跨越神奇抵达神经那个领域里边去。

"都有什么？选几样出来让我见识见识。"我好奇呀。

"站稳了，你可别想着偷师。"同学故弄玄虚，继而给我一一报了菜名："黄鳝炒面，老龟煲盐，咸鱼煮糖粥。"

我那还是单品，他这都组合创意了，我无法不震惊，对于最后一味，那个搭配简直是要天妒英才的。

"你弟几岁了？"

"那年，他才7岁。"

好快乐——美味是一种执念，我坚持，你随意

第三章

插画：邱文茵

大排档的快意情仇

大排档发源于"二战"后的香港，在20世纪90年代初传入内地。大排档最初因特色的街边文化继而席卷整个内地，再发展到现在有中国人的地方就有大排档。最初大排档多半是聚成堆的小吃摊，当中又以烧烤、麻辣烫和简单小炒为主，其意义跟"路边摊"差不多。随着国人消费力的提升，大排档也跟着翻新改造，变得规范敞亮，从最初那份街边草根意识，发展到今天的已具规模大众乐见，这期间见证了中国几十年经济的变化，也承载了我们这群70后、80后的成长记忆。

在我看来，大排档其实是个挺时髦的地方，它通常与青春有关，杂乱生猛的环境，飘荡着那么多无处安放的荷尔蒙。猜拳，喝酒，热血，古惑仔，失恋，友情，不假思索间蹦出的一连串的关键字都与激情燃烧的岁月密切相关。想当年，在我也颇具小太妹潜质的年纪，那是我第一次喝酒的地方，是我第一次与人拍桌子称兄道弟的地方，第一次见证酒后表白对方还能那么雄赳赳气昂昂的地方，第一次知道所谓江湖原来就在这个地方。江湖儿女不拘小节，对酒当歌，人生几何，大排档在我的心目中有着特殊的地位。

大排档有三宝，啤酒、烧烤、麻辣烫，是小伙伴们欢乐今宵的圣品，缺一不可。我至今仍不知道我的酒量到底有多少，因为从来就没放开肚量尝试过，倒不是说我要矫情借故不喝，而是我太能吃肉了，啤酒太胀气，我得空出肚子来吃烤串呢。烤羊肉串简直是新疆人民最伟大的发明，我能够一口气吃个十几二十串的。它味道微辣，香而不腻，鲜嫩可口，过程中我会适当再喝两口冰镇的生啤，实在是妙不可言。

众人见怪不怪也随我，若是猜拳，他们喝酒我吃肉，其实也公平，往往酒喝多了还能找个厕所放个水，我这肉吃多的要解决起来可没那么容易了。实在吃不下后，我就自愿让他们往我脸上贴乌龟，大半夜满脸的纸片随着我的吐气一呼一吸时，跟港产片里的僵尸扮相一样，乐得他们东倒西歪。吃饱喝足的我们常常在午夜并排着走，手拉手"横行霸道"，难得遇上个形单影只的就是不让过，非要人绕过长长的人墙，听着那正经人家唾过来的"神经病"，我们再面面相觑不约而同回一句："你怎么知道的？"然后仰天大笑脚步错乱返校去。

"蟑螂"说他喜欢我，我觉得不可能是真的，因为他怎么可能喜欢我，我跟他是哥们儿，还有他说这话时跟平时与我说"走，小卖部买杯喝的去"一样普通平常。我没当回事，在我心里，那爱情它就不算个事。直到有一天，我变了。

大伙说，我一直是个挺好的孩子，跟组织玩得好好的，就是怎么忽然就变了呢？

对，我怎么就忽然变了呢？自从临毕业那年我发现自己是个女的后我就变了。是的，之前我对自己是雌是雄的定位不太明确，那年，我喜欢上了一个男生。

他说："你怎么能随便跟人勾肩搭背呢？"他说："你不知道女生太晚出去吃夜宵不安全吗？"他说："一身酒气的女生会让人退避三舍的。"我想反驳他，我顶多算一身肉气，后来想想还是别吓他了，好好做女人吧，我从良就是了。

我正襟危坐，矜持腼腆，以前的大刀阔步到如今的含胸碎步，低声细语，温柔娴静，最重要的是，我再也不跟原来那帮"狐朋狗友"混了。

不过，我的改变最终也没能抱得美男归，手都还没拉上他便说我俩性格不太合适，祝福我能找个比他更好的，而他则选择了个有爹可拼的女生。刚刚才洗心革面就让人给踹了，真是死不瞑目。也不知道他是觉得我改变前不太合适呢，还是指我改变后不太合适，我觉得我演技都挺好的呀，不满意你倒是说话啊，私人订制都行啊，只要你满意啊（自行脑补尔康呼唤紫薇的手势）。

我也没觉得太伤心，只是先前见色忘友断了后路，拉不下老脸，唯有继续我的淑女修道之路了，无奈来去落单更添了寂寞。

一天晚上，一姐们儿匆匆跑来找我，说美男正让人给灌酒，是"蟑螂"那伙人在起哄呢。待我狂奔过去，美男正被他们一伙人围着，被各种名义敬酒，连他们宿舍前两天有只野猫来串门也给庆祝上了，直到把美男喝到断片不省人事。

我忽然想起了"蟑螂"说过的话，现在我信了，我信他们全都喜欢我。

我夺过瓶子，倒满一杯珠江纯生，一仰脖子，一个闷灌，感觉到透心的畅快排山倒海般袭来。

关于大排档的故事，还有下集。

自我变了后，一直没机会变回来，我的兄弟们也渐渐适应我女人模样的德行。也许他们更追求好基友式的情谊，反正是原谅我了，然后我认识了他爹。

认识他爹也是上天赐予我的挑战，我豪放粗鲁，他内敛精细，我爱吃大排档，他从不吃大排档。威逼色诱下他也试过要陪我，可是前脚刚上桌，后脚便要找厕所，从无例外，他那肚子成了检验食品卫生的不二标准，看得我好生着急。这也太经不起考验了，是要拖我风风火火闯九州的后腿啊！

我说我怎么身体那么健康，吃嘛嘛香呢，直到有一次他指着大排档的后厨让我看了一眼那儿的满地狼藉，我便明白原来我是百毒不侵了。他爹说我这是无知者无畏，吃大排档比跟人表白还需要勇气的。我对他爹表示深切的同情，无法想象他这些年都是吃什么长大的，难怪这么弱不禁风，要不受点三聚氰胺、毒大米、地沟油、瘦肉精、激素鱼的滋补，咱好意思说自己是中国人吗？

他爹说，台湾那些声名在外的夜市就与我们这儿的大排档相似，别看桌椅板凳也是缺胳膊断腿的，但人家再简陋的小摊出品都是业界良心。

我去了，见着台湾人民的流动夜市大排档，热情好客的大叔大妈们，听说我们一行是大陆来的，立马端出可怜见的眼神对我们格外关照。一份臭豆腐端过来，类似的做法，同样的卖相，大妈的那口台湾腔特别温柔人："妹妹（美眉）你们放心哦，来我们台湾啊，就好好吃，不怕的呢，我们的食材都是安全的啦，一定没有问题的。"同一个祖宗出来的，为啥思想觉悟就是这么不一样呢？

在街边我打包了杯珍珠奶茶，回酒店的路上喝了一口，茅塞顿开，原来真正的珍珠奶茶是这么个味呢。司机在边上笑了起来，问我不可能连这个都没有喝过吧。我说以前喝的可能都是水兑的，这回总算尝到奶味了。司机师傅问我味道怎么样呢，我意兴阑珊，说谈不上好喝也谈不上不好喝。他大笑说我好适合去他们的综艺节目当评委，要的就是这种说了跟没说似的效果。唉，他不懂我内心的哀伤，误走了那么多年夜路，好不容易遇上一回光明，却发现自己已然习惯黑暗。水兑的,也很有一番风味的嘛!

他爹说我无药可救,我觉得是适者生存吧,改变不了现状那还是要快乐生活吧,像我与我的兄弟们收垃圾似的吃了那么多,不也快哉了这么些年吗?

"喂,什么?好,那就老地方见!"循例聚会,我想都不想便答应了。

对着他爹那张姹紫嫣红的脸我赔着小心:"总不能因噎废食吧,我们减少频次与摄入好了。"

他怀着怒其不争的沉痛目光送我,无可奈何。

我眉飞色舞跟他"沙扬娜拉",跟他保证顶多两小时后我"胡汉三"就会杀回来的。

退一步海阔天空的智慧他懂我也懂。

人生能有几个十年嘛!

乌泱泱的人头,热闹喧嚣,推杯换盏,盛世繁华民以食为天,在大排档中可一眼望尽。

小炒肉带来的小确幸

　　如果说蛋炒饭是衡量一个厨师的基本水平的话，那小炒肉便能代表一个家庭的和谐幸福指数了，哪户主人家要没这么道家常手艺菜，那生活之味必定要寡淡许多的，丰衣足食哪能没点肉呢？

　　我家过得还挺愉快，因为我爸就会做这个，所以一家人穷开心了半辈子，也不知道是因为吃肉吃穷的，还是因为穷才爱吃肉。听说有钱人都返璞归真集体吃斋了，所以现在的菜价比肉价高了去。

　　我们小时候最喜欢吃的是我爸自创的炒肉基本款，花肉切寸方小块，火候适中，炸一轮油沥干后放糖炒即可，此道菜简单易行却能色泽鲜亮，甘香可口，佐酒下饭皆美味。

　　成年后我常常与人饭桌前密语关于我爱吃猪油捞饭这件事，他们都以为我在玩笑瞎掰，没人当真，这多少伤了我这颗与人推心置腹的心。猪油捞饭的由头便是来自这个小炒肉，那时我爱用勺子把肉在碗里切割得碎碎的，就一股脑地拌在一起，整碗饭油光闪亮，扑鼻浓香，一口接一口，好实在的满足感，吃完后碗都可以不用洗，跟打过蜜蜡似的光滑。

后来有幸结识乡村小炒肉，这是川湘一带的经典菜，比我爸做的名正言顺，人家的关键是配菜，辣椒成了当仁不让的明星大咖，这个黄金搭档也深得我心，实在很爱很爱它。

公司的例行体检，医生说我没啥大毛病就是最近要注意饮食，看我咽喉稍稍发红，可能有些轻微炎症。我应了声"是"便告退了，心里已有盘算，晚上仔细弄盘辣椒炒肉吃吃就好了，以毒攻毒对我而言从来都是妥帖的。

要精选细条尖长的湖南辣椒，洗净后去蒂横刀切圆丁状，留籽，再五花肉肥瘦分开切成薄片待用。热锅爆蒜，下肉煸出油，肉末开始微焦黄后加入辣椒炝炒，反复翻炒，待辣椒与热油交相融合释放出既辛辣刺激又诱人浓香的气味时，淋上半匙酱油与陈醋，少盐即可，起锅前已能让我喷嚏连连又口水长流了。

一碟菜，一碗饭，菜的鲜香热辣佐以饭的清淡温软，绝配。我吃出了超值豪华晚餐的体验，过程很激烈，结果很震撼。

肉特别香；辣椒尤其辣。我能感觉到饭菜在我肚子里翻滚冒腾，有一股火辣辣的气体先由嘴巴至喉咙到肠道，再由肠道贯透全身，鼻腔、脑神经开始连锁反应，似武林中传说的任督二脉被打通，震惊与畅爽同在。我一筷子菜，一口饭，嗷嗷直叫，痛并快乐着。

同桌的人实在受不了，我妈说我病得不轻，他爹说药不能停，我正辣得腾云驾雾却不忘一拍大腿还他们一个气盖山河的"爽"字。

当晚，肚子翻江倒海，我因势利导赶紧到洗手间里去酝酿，排毒大计一泻千里，最终邪不胜正，我"胡汉三"倚马桶边支撑住了。

第二天，喉咙好利索了。

也不是每次我都能接受挑战，辣椒它有青黄老幼及公母之分，不一样的类别有不一样的辣法，各具风味。像排在第三爱吃的小炒黄牛肉所用的泡椒我就爱莫能助了。那是熟透的朝天椒，听说此椒是公的，所以辣的后劲非常大。也许在辣椒界我同性相吸只能接受母的，所以这盘菜，肉我能风卷残云，那半碟黄椒粒就无福消受了。不过说句公道话，牛肉能如此受欢迎，泡椒是功臣，即便它没有被饭扫精光，那也是虽败犹荣的。

可见配菜是至关紧要的，它往往能决定主菜的命运走向。比如我妈见我爱吃青椒便试着用青瓜代替来炒肉，样子青葱翠绿的，看倒是好看，就是青瓜煮后会出水，所以整盘汤汤水水的。这样的菜，青瓜能很快吃完，剩下的主角肉片无人问津那叫一个丢人现眼了。我妈不知所以然，觉得我们吃撑眼了要浪费粮食来着，却不知自个是东施效颦，没找准关键点，当然她也不认识西施是谁，不然知道了准要伤自尊的。

小炒肉的精髓一个在火上，一个在肉的干燥度上，香煎肉也能很好地诠释这两点。有一年溜达到上海，在一个颇为雅致的茶餐厅，我点了这么一碟香煎五花肉，裹着生菜叶，嚼得嘎吱作响，那个唇齿留香回味无穷就是忽然天上掉下个陈道明（我心目中的男神），我也是不撒嘴的，众目睽睽又算得了什么呢？

有个前辈是个素食主义推崇者，同桌吃饭时目睹过我吃肉不撒嘴的模样，他认为我可以有更合适的饮食选择，很热心地向我传授他的理念心得，说吃素不仅是一种健康的生活方式，更是一种默默地修行，时间久了，吃素能改变脾气，增长内心的安宁纯净，转化为运气等。我也跟着他去吃过一次，也许是为了改观我对吃素的偏执印象，他特意点了"素食荤做"的菜肴让我长见识，比如"酸菜鱼"中的百灵菇就很像削片的鱼肉，"油炸羊肉串"的原料其实是香菇根，"红烧大鲳鱼"则是做成鲳鱼模样的豆制品。见我吃起来像这么回事，他挺满意，说明自己没夸大其词，这确实是值得尝试的。吃人嘴软，我也不好拂他一片诚意，只是心里觉得费劲，想吃真的肉就吃真的嘛，为啥还要用假的做成真的样子，佛祖看到肉的俗形也是要怪罪的吧。反正我是没那慧根的，对他也只能是敬佩，很难愉快地做朋友了，朋友是要大口喝酒大口吃肉的。

小炒肉这个东西怎么说呢，作为一个女人，我说我很爱吃真是不太合适，但说不爱吃又显得为人不真诚，所以我想说，其实我更爱吃大块的烧肉或烧蹄髈啥的。只是不好意思暴露过于粗俗的本性退而求其次的选择而已，肉里带个小字的，终归要显得相对优雅些。

　　人生在世已经这么多桎梏了，总要学会给自个儿的欲望寻条活路才行吧，我只是要一碟小炒肉带来的小确幸而已。

仙人食谱品尝记

我对吃花是有幻想的，此情结可以追溯至童年时看梁朝伟版的《绝代双骄》。我对两大帅哥主演兴趣不大，里面最吸引我眼球的是那个女反派移花宫主，她衣袂飘飘，不吃五谷只吃鲜花，通体流香，仙姿绰约，哪里都让我惊叹与羡慕，特别是她吃鲜花的样子，一片一片地细嚼慢咽，是那么的从容优雅。我特地留意过剧中鲜花的种类，也曾悄悄在邻居家院子摘来白玉兰与鸡蛋花尝试过，终因苦涩吐掉而断了那个成仙的妄想。

小时候闲得发慌，常用很多时间来望天晒太阳，日光下观察一株野草、一棵蔬菜、一朵小花，从一叶一茎到一丝一缕，只要够耐心，就能发现万物的奇妙之处。如蔬菜就可以像静置的盆景般好看，菜花更是赏心悦目，美丽，清高，还可以理直气壮地吃。我琢磨着，这吃菜花也应该是条曲线修仙的路子吧。

第一次尝试吃的菜花是韭菜花，首先是因为它好看，韭菜在生长到一定阶段时，会在中间那一部分长出细长的茎，顶上会开出白色的小花。单看时一枝独秀，成片看时花海锦簇，微风吹来，碧绿葱翠的韭菜枝叶顶着白色的小花摇摆欲坠，风景煞是美好。那时最爱跟着大人们割韭菜，拿个小镰刀一茬一茬地割，刀起菜落，齐整的切口，青涩又新鲜的韭香飘荡在那寸方的空气间，让人满是收获的欣喜。

这个长花的初期，是做菜的最好时候，韭菜被称为韭菜苔，只需要加两个土鸡蛋同炒，那味道便超赞。韭菜的花更多说的是梗，那个白色小花基本为观赏或起锅前摆在盘上的一点装饰而已，但好吃是实至名归的。

当然不是所有人都喜欢这口，我婶婆家的小叔就很讨厌吃这个。可能是他的消化系统太健康了，每逢他家做这道菜，那天他都是不敢出门的，因为一定会打"炮弹"，那个疏通肠胃的屁声此起彼伏简直热闹极了。这个作为花来讲，是有些重口味了。相对来说，金针花更能名副其实一些。

我爷爷年轻时是个半吊子郎中，正职教书闲时治病，光听着就是大风险的职业规划，所幸他医术实在有限，倒也没出过什么正经大事。瞎忙了一辈子的他就爱鼓捣中医五行与八卦，是个集大成的业余杂耍家。我家的后院有一块爷爷专属的园地，里面种满了从各处带回的草本植物，金针花就在其间。看它粉黄俏丽的造型，我说这个花真好看，我妈说这个菜适合煮汤，爷爷说这是一味药，有止血消炎、安神明目的功效。后来知道此物观为花，食为菜，用为药，都没说错。

　　我喝过金针花煮的汤，可能是当年锅中主料的肉太稀罕了，所以汤显得较为清寡，略带甘涩，但单独吃花的话却不失鲜嫩爽口，当成一味药的话这个味道算是童叟无欺了。我对它的好感更多来自它的外在，因为它实在是很美，盛开的花朵娇艳粉黄，开出喇叭状的花条儿，如少女巧笑着在枝头绽放，恣意招摇惹人欢喜。将开的花摘下，放置于竹编的篾筐里，花蒂尖尖，一朵朵地齐列着，花瓣自然褶皱如同穿着长裙的仙子，乖巧玲珑且让人怜惜。我认为此花是很具仙相，吃了它肯定能变美。韭菜花跟它不在一个量级上，能相比拼的也只有内涵了。呃，被赞有内涵的韭菜花小姐表示很无奈。

　　再到遇见霸王花，这是一朵内外兼修的奇葩。这花来得很是突然，带给我过目难忘的重重惊喜。那是长在屋后小院角落里的一株剑兰，浑身带刺，我以为是野生的，因为平时也不见爷爷理会，我们也不知道它有何用处，直到有一天它在荆棘中间冒出一个小小的花骨朵，再几日，竟然开了好大的一蓬粉白色花朵，花瓣并蒂相连呈大太阳状，蕊间的一根根绒须细密舒张，随风舞动，温柔摇曳，惊艳了全屋的人。在我老爹翻查了各种文献后才确定它是可以吃的，便摘了晒干存下。

　　这是棵勤劳的植物，自开过一朵花后，它的各个枝段便开始争先恐后接连不断地开出花朵来，有时一天能收五六朵。刚开始时用来煮汤，等量存得多了后，我妈便开始用来炒。生摘下来时是花的样子，炒熟了装盘还是花的样子，很清新迷人，吃进去有黏液感，嫩嫩的，滑滑的，爽脆可口。因为朵大量多，很有饱腹感，我曾心存幻想，如果一直吃这个会不会哪天就能成仙了。不过我爹妈没这觉悟，他们做了几顿就见怪不怪不肯再摘来吃了，真是拉我要求进步的后腿。

一连个把月过去，等我妈再看到它时，它的花期好像已经过了，长花的位置结出了一个个增生似的小包，也不知道是不是遭了虫害没太去理会。后来它满身挂上红彤彤的"火球"时大伙才又被惊到了，摘下来试着打开，里面有芝麻粒一样的白色果肉，尝之，清甜清甜的，实在是神奇得要命。若干年后，我才晓得这玩意叫火龙果，它的花叫作霸王花，果真花如其名，让人难以忘怀。

南瓜花是长大后才吃到的，它名字朴实，可塑性却强。那是去云南游玩时遇上的，店家把花裹点蛋液油炸成定型的一朵朵，黄黄的，晶莹透亮，栩栩如生，可撒上椒盐，拿在手里当小吃，挺有些仙人吃食的优雅姿态，不过我没有过多尝试它，因为已经是相见恨晚了，这个时候的我性情已经转变，青菜或鲜花对我已难填欲壑了。当明白自己终逃不过是一介乡野俗妇后，我便开始嗜爱肉食了。

对于本性就粗俗的人来说，但凡尝过肉的鲜味后，那再仙的花呀、草呀啥的就如过眼云烟可有可无了，与青菜等同。但鉴于我是一位有些文化知识的女中年，不吃青菜于情于理也说不过去，群众会怎么看我？身体的各个零部件又会怎么看我？所以，我只能变着法子吃，争取一次满足营养需求的同时又不让自己太为难，沙拉就是一个很讨喜的存在，变身后的它们也美丽如天仙膳食。

世间美好的东西都是需要用心寻找与发挥创造的，即便是蔬菜也能变得清新别致，通过荤素的结合及五彩斑斓的搭配引发食欲，如精选出来的圆白菜、紫甘蓝、小番茄、胡萝卜、水生菜、洋葱圈、玉米粒、青瓜条、葡萄干、苹果丝、薄梨片，都给它们混搅一起，加点调料，那叫一个色泽欢快，味道活泼，出彩惊艳。

我哼着《茉莉花》的小曲从厨房端着一碟"仙草"出来，跷着优雅的兰花指分给他爹与我儿一人数根，看着他俩叽叽喳喳地嚼了个精光，很快我再扭着粗腰进去端出一盆红烧肉，吆喝着《走四方》的调调，像喂猪一样给他俩每人一大勺，然后慈母般的眉目含情地看着他们说："吃吧，大口大口吃！"

神仙还是让别人当去吧。

包治百病的绿豆君

说绿豆前，我要循例先讲段古，关于我幼时学医未遂的事迹。

话说我们家有好多医书，古本的、线装的，甚至手抄的，都是一摞一摞的，不知道的人瞧见以为到了中医世家。我曾经也很是自鸣得意，觉得我爸跟随我爷爷只是业余出身，就可以给人治个头疼脑热的了，我要认真多看医书，一定能有所作为。

我的有所作为就是可以给人号脉象开方子。正襟危坐，屏气凝神，胸有成竹，微微自我确定般地轻轻点点头，便开始展纸写药方了。记得我爷爷那时常用的还是毛笔，下笔如有神，行云流水，墨色生辉。这个形象让我感觉好厉害，简直酷毙了，即便是后来我爸改用圆珠笔满纸画得像鸡肠也没能把我的崇拜改观。

我的学医之路在刚开始还是激情四射的，虽然才小学文化，但我识的字可不少，能连蒙带猜，加之医书上还有各种草药的配图示意，像翻连环画似的多少提升了我阅读的兴趣。我爸问我感觉怎么样，我说还是挺简单的，什么药有什么功效我都基本记住了，可以开方子了，我实在是好有表现才艺的冲动。由此，我爸便当了我的第一位患者，坐下来让我给他把个平安脉。

"爸，您的脉有些沉，看来湿气有点重。"我一开始便给他定了个调子，"来，张开您的嘴把舌头给我看看，嗯，舌苔黄，体热，不过，您也不用太担心，我给您开个方子调理调理就好了。"全是鹦鹉学舌，基本是我爷爷平时给人看病的话，经我一本正经胡乱组合，好像真是那么回事。

接着我就开方子了，因为初学嘛，还是得大概翻翻书本笔记的。我便一五一十把所有清热解毒的中药都列在了一起，这个5克、那个10克地凭感觉搭配，洋洋洒洒开了满满一张纸，好愉快、好自信的，像考试时作文乱写却催眠自己肯定能得高分一样。

我爸接过来一看，再也无法入戏，乐得哈哈大笑，说按这个方子用药，那他得拉七七四十九天的肚子了，太寒凉，中医是要讲究阴阳调和相生相克的。接着他跟我列举了些用药的基本原则，我听得心灰意冷，难为我这么多正能量全用在了负方向，折腾了半天，门都还没摸着。大概是见我忽然就像霜打的茄子般蔫不拉唧的，我爸于心不忍，便告诉我其实还有简单易学的一招，那就是发现不会下药的毛病了，就让人家喝绿豆汤，怎么用都不会出错的。

待我按图索骥翻找过后，让我惊喜地发现，这绿豆简直是万能的了，清热、抗菌、解百毒，我看了食物相克的介绍，里边所有的毒性都可以用绿豆来解。从此，绿豆在我心目中光芒万丈，被奉为灵药。我像找到捷径似的，立刻就把那堆需死记硬背的药性药名全抛到脑后了，任谁再来我家问诊，我便让他们回去煮个绿豆汤喝就能好了。

就是这么一段很"二"、很天真的故事，毁了我的立身华佗之路。

我对绿豆的爱好是从我妈煮的"清补凉"开始的。

有一年正值酷暑，我妈不知从何处得来真传，原本是去药店给我们抓草药来煮凉茶的，却轻信人言，买回了一大包材料，说是可以代替凉茶食之，以绿豆为主，将银耳、海带、百合、薏米、莲子搭配，泡发后，加足水，入锅煮之，至软烂成沙，调以冰糖便可装碗饮用了。这是她人生众多道听途说的事迹里面最成功的一件，总算是没搞砸，甜丝丝，不仅甘凉可口还能防暑消热，受欢迎得不得了。以后，我隔三岔五就主动跟我妈哭，牙痛脑门热，热火攻心啥的，就是想要喝那个糖水。有时我妈也要傲骄一下，说小孩嗜甜牙齿会让虫子吃光光的，不能老是喝这个。这会儿我便要用中医里面的绿豆包治百病来说服她了，是选择让我们毒火攻心呢，还是选择担心那些起码看起来仍平安健在的牙齿呢，显然，这么一比，她就找不到拒绝的道理了。我妈说她这辈子没文化，唯一吃的就是我的亏，常常上当过后肠子悔青成一截截的。

这个"清补凉"的名字取得真好，冬天人家所用的山珍药材称之温补，它在夏天的作用便叫清补，跟对联一样相衬对仗，如此，也显示它在炎炎夏日里不容忽视的江湖地位。

那时候乡下没有冰箱，我们的土方法也很显智慧，就是从井里打出冰凉的井水来，把整大碗的绿豆汤往里面隔水冰镇。这与后来看到的古装电视剧里边的烫酒有异曲同工之妙，甚至我们的方法更胜一筹。坐在井沿上，可以一边用凉水泡脚，一边喝着绿豆沙，听着蝉鸣，哼着小调，快意又逍遥。

我是个认真且爱分享的孩子，自我发现绿豆还可以有这样的美味吃法后，在我的广泛宣传下，首先是村里的小伙伴们在家里死缠烂打都尝上了鲜，到后来我发现药店里开始打包卖，继而超市里也有独立的包装了。好神奇，我心里暗自激动着，觉得这些应该都是我传播的功劳吧。虽然人家在上面已经很专业地注明：可以根据喜好煮肉汤或煲糖水，但我仍当仁不让地觉得是我的英明最先肯定了它的美好，我要说有哪样东西不好吃了，那肯定是没有前途的。当然啦，至今这种没前途的吃食尚未在我的认知里出现过，基本上只要是能入口的我都可以把它们发展为潜力股。

因为能防百病嘛，所以我怎么吃它都是无负担的，就看什么样的好吃了。除了煮糖水是我的最爱外，做成咸甜味的馅饼也受欢迎，甜的蜜，咸的香，只要是有味的，怎么来好像都是绝味。所幸，在那个营养不太好的年代，想牙齿掉光也是没那么充裕的糖可以天天供应的。像绿豆粥那种返璞归真的清淡的吃法，我是长大成人后才懂得欣赏的。

我与他爹去厦门游玩，大概是因为水土不服的缘故，在外边才吃两顿饭便开始毒气聚集，喉咙失声、脸上青春返照大痘丛生了。第三天，在住处吃早餐，那是一家临近海边的青年旅馆，私房小厨是一个东北大妈，收拾干净利索后给我们每人端上一碗绿豆粥，一个老面馒头，还有一份听说是她自制的咸菜。哎哟妈呀！老好吃了！这应该是我在外吃过最简单、最清淡、最舒服的早餐了。绿豆与粥都没有味，它们的搭配只有淡淡的清香，似有若无，却余味绕齿。一口咸菜，一口馒头，最后再来一口绿豆粥，前面的咸，后面的淡，相互映衬，层次分明，因为每一味都足够单纯，所以综合起来的结果很是完美。第五天，在不知不觉中，我又能尖着嗓子与他爹对掐了。

好吃又好用是我对绿豆顶礼膜拜的理由。我都想好了，以后养老防病都靠它了，你也别说我没文化瞎嚷嚷，人不都是因为相信才频频创造了奇迹吗？

我会告诉你，人穷，所以梦想才会特别的接地气，不是吗？

插画：邱文茵

吃虫子记

不是标题党，我是严肃的，是真的虫子，细数我吃过的虫子，一只手算不过来了。

最先出场的是竹虫，读者大多没见过吧？听我来摆一摆，让大伙见个新鲜。

我小时候没啥可玩的，每天最紧要的一件事就是跟着一些叔侄辈的哥和姐们满村子疯跑，辈分是比较混乱，听说我都是属于奶奶辈的人了，后生长得都太着急了，全都蹿着长，我空有辈分却没岁数，唯有跟着他们屁股后边跑。没白跑，跟着他们吃了不少好东西，竹虫便是一个。

竹子以生长快、繁殖力强且用途广泛而被普遍地种植，我们村子不大，却竹林丛生，无论村头或巷尾，还是邻里之隔都是葱葱郁郁的竹子，不熟悉的人走进去跟转迷宫似的。宝就在此其中，是要费眼力见儿寻找的。他们主要是通过两个特征进行辨认，一是竹身上的洞眼，二是竹尾的颜色，是否有微发黄状，如果两者兼而有之，那必定是十拿九稳的了，别看听着简单，要亲临现场于密密麻麻中去仰头甄别的话，那也是极需技术含量的。

竹虫其实就是象鼻虫在竹笋上蛀洞产的卵孵化后长成的幼虫。一般来说，它们寄生在竹筒内，从竹尖逐节往下吃，二十天内便从米粒大小长到手指头般粗大，农历十月份是它停食准备破蛹而出的季节，因此，这时候的竹虫最肥美了。

看准了，扳着竹子就使劲摇，随着"咔嚓"一声，竹尾由枝顶坠落，发出"哗哗啦啦"的声响，劳动果实就近在眼前了，只需拿起小刀使刀尖往断裂口的中间剖进去，竹子一分为二后，小虫便出来了。还有一种方法，就是在找准的竹子根部凿洞，这种方法最费劲，但是所得到的虫子也最肥美。

刚从竹筒里抓出来的竹虫肥肥白白、滚圆滚圆的，身子呈纺锤状，细眼黑嘴，胖嘟嘟的，跟小宠物似的，非常可爱。必须玩上个半天才舍得吃掉。

在纠结怎么吃的时候，乐趣又来了，我们整得像过家家的小野炊似的，搬两块土坯当炉脚，找一块瓦片当炒锅，下面烧起随地扫来的干竹树叶，竹虫便放在上面炙烤而熟，阵阵焦香扑鼻，我们收拾几根细枝丫当筷子，夹起入嘴，嘎嘣脆，齿间甘香，那一股特异的蛋白质美味似有品尝奶油的感觉。

我见过大人们用来油炸当下酒菜的，也是一绝，变成金黄色的竹虫也更具观赏性，酥脆芳香，见他们一口一个的利索劲儿，跟嚼花生似的干脆。

后来听说这东西的蛋白质是鸡肉的六倍，还好也不是经常能吃到，不然得营养超标胖成虫子的原形了。

我猜竹虫与蜜蜂一定有血缘关系，搞不好就是表亲，不然它俩不会这么相像，看那个蜂蛹跟竹虫就跟孪生兄弟似的。不仅外形像，口感也近似，我猜细胞成分都雷同。

蜜蜂的窝是我们儿时既爱又恨的对象，我们像风一样来无影去无踪地发现一个紧盯上一个，我们为好吃更为好玩，那么一大窝如纸皮包裹的里面有太多的惊喜可以挖掘。只是我们盯着蜂，蜂也叮我们，我们用的是眼，它们用的是尾部的毒针，有时被蜇得满头大包、肿胀如猪头，痛痒交加，还会忽冷忽热，如遭大病般。不过，出来混总是要还的，等逼出我们无穷的智慧（胜之不武，全身武装兼用火攻）一举把它们歼灭并拿下整颗蜂窝后，只要把里面的蜂蛹扯几条出来揉成浆状敷在患处，很快便能消肿了，所谓以其人之道还治其人之身。但显然是我们恶人告状先招惹的人家。

蜂窝里面极其热闹，老、中、青三代都能看见，老的及刚成型的幼蜂可以给大人用来泡白酒，滋补之余还对风湿风痛有奇效。幼虫便是竹虫似的蜂蛹了，这个量最多也最受欢迎，没有密集恐惧症的人光把它们摘出来的这个过程都好有意思，它们全躲在白膜覆盖的蜂巢里，撕开白膜就能看到它的小脑袋，用指头拨弄一下，软蠕蠕的，轻轻一扯，它便顺势全滑出来了，晶莹剔透，一只接一只，跟挖宝似的，一会儿就能装满一大盘了，这可是白花花的肉哦。

来个生猛的，我的小伙伴三狗子他吃过生的，形容给我听的时候说有爆浆的快感，汁液在嘴巴里喷涌四溢，甘甘甜甜，别有一番风味。我不吃生的，我觉得吃熟的也一样能表现我的勇敢。我妈做的干煸椒盐的，要多好吃有多好吃。

我大妹不行，她胆小，每逢桌上有这个，那怯场的样子，筷子头拿着都哆哆嗦嗦，好不容易夹起一只就是不敢往嘴里送。不像我这爱吃的，仿佛流星赶月似的，一只追着一只吃得霍霍生风。当人姐姐的，不厉害点成吗？我这都是受过训练的。

夏天蝉鸣闹得最凶的时候，我有试过跟他们用橡胶粘知了玩，在这个空当偶尔用火烤一两只来尝尝，就是没事试试味道的意思，闻着挺香的，尝着倒是有点微苦，我在爷爷的药书里面翻看过，蝉蜕是可以入药的，吃点也许能防病也说不定。

在小学一二年级时，好像台风天尤其多，经常是上着课忽然间就狂风暴雨的，学校电路老化，这个点便经常黑灯瞎火了，教室内只能点蜡烛，一桌一小簇的白烛光随风摇曳、忽暗忽明。管他的，只要不上课的时间我们都觉得是快乐的。趁老师不在，我们还会跑到外边的窗沿边去捡"屁虫"，那是一种长得像七星瓢虫但比七星瓢虫稍大点的虫子，土黄色，会飞，它们是被风从龙眼树上吹下来的，随手一摸就能有个四五只，抓的时候要特别小心，其实它不会放屁，它只会撒尿，如果不小心让它给喷到眼睛，那得红肿几天都消不了。仔细摁住它让屁股朝外，把毒尿给挤干净后，再把它的内翼给掐掉便是乖虫子了。拿回课桌，看着它们在我的书本里爬上爬下跟阅兵似的挺好玩。等我看累了，就换个玩法，玩烧烤是最喜闻乐见的了。好简单，就是从窗外捡根小木枝，从屁股的位置插进去给它穿成一串，然后放蜡烛上面烤。别看虫儿小，手艺业余，那个香啊，满教室都是烤肉味，"邻里街坊"的一人分上一个，嚼起来焦香溢齿，特别是下半段位置，还有蛋香味，好吃极了。

等老师进来，这儿闻闻那儿嗅嗅的，这会儿渣都让我们啃尽了，早查无证据，他也只有哼一声，警告我们不准玩火便作罢了。

有了这么个野外生存的技艺，以后妈妈再也不用担心我会饿肚子了。

想想也离奇，这多少算是有些骇人听闻吧，如今没事的时候还时不时爱用回忆哑巴一下那份年少时只此一家别无分店的特殊美味，还挺让我回味的。也如人生，但凡经历过的，都能领悟其美好。

小蘑菇的大智慧

　　蘑菇是个万人迷，我爱吃它的理由挺简单，因为它是素菜里面口感最像肉的。他爹爱吃蘑菇的理由更简单，因为他自己就是个蘑菇性格，磨磨唧唧，慢慢吞吞，属性接近自然就相当投契了。不过，他另外给自己寻了个理由，说是多吃蘑菇能壮阳，听了跟大力水手靠吃菠菜才能威武一样让人感觉不实在。蘑菇，多小清新的东西啊，就这么让我们给恶俗化了。

　　蘑菇的外形极讨喜，迷你出尘的，轻灵小巧的，就跟那些娇小俏丽集众多宠爱于一身的女孩子一样招人待见。刚上初一那年校庆晚会，我们班女生彩排的节目就是《采蘑菇的小姑娘》，我差点没选上，因为身材过高，长相着急，与舞蹈人物小姑娘的扮相不相符合，所幸班上就这么几个女生，总不能让男扮女装，故而生平也有了这么一次装可爱的回忆。

　　记得我们背着小竹篓，头上扎两仙童发髻，摇头晃脑，一蹦一跳，在舞台上好"二"地转着圈圈，这儿一蓬那儿一朵地"采"蘑菇。现在想来，我那站直一堆、蹲下一坨的体形也真拖了"蘑菇"们的后腿，反正最后是啥奖也没"采"到。

但是客观来讲也不能全怪了我，都说艺术是来源于生活而高于生活，可能就是我们没有实践经验，我的老家既不依山也不傍水，野菜常见，蘑菇很少，偶然遇见也不知道能不能吃。小时候对鲜菇的印象极其模糊，听歌看电视皆属于理论知识，觉得动听好看就照葫芦画瓢了，舞台上不具备技术经验优势，私底下只是心向往之了。

不过后来看新闻，常有某某地采到毒蘑菇误人性命的消息，警示群众一定要小心色泽鲜亮的蘑菇，越漂亮好看的毒性越大，不禁心里发毛，没能体验采摘的遗憾也就少了些，感觉这蘑菇也属红颜祸水的一种呢。

直到大学，一个四川的同学说起她们小时候采蘑菇的盛景，又让我羡慕坏了。八九月份的时候，雨后的山脚下或树林里，五颜六色的蘑菇争先恐后破土而出，或草丛中，或树木旁，红色的、绿色的、黄色的、灰色的、白色的，一个个憨憨的小伞帽让发现它们的孩童欢欣雀跃，提着小竹篓，仔细地深一脚浅一脚去采蘑菇，凭口口相传的童谣作甄别，再怎么玩笑嬉戏都不会出错，各种颜色的一眼辨去便能知分晓，空气新爽，绿树环绕，鸟语花香，歌声飘荡。

我瞪着眼睛问："不是说有颜色的蘑菇都不能吃吗？"她乐得哈

哈大笑，说："九月里味道菇中头筹呢，还有亮白色的鸡脚菌就是现代鸡腿菇的野生版，鲜美绝伦，着实让人流连忘返，只不过现在已是踪迹难寻罢了。"我暗暗地猛咽了几把口水，对她一脸膜拜，这新闻里播的电视里看的，终敌不过实践才是检验真理的唯一标准，懂得采摘的方法很重要。

蘑菇天赋异禀，香味独特，口感华丽。虽然我没有试过多珍稀的鲜蘑，但我妈煮鸡汤所常用的干蘑菇我是熟悉的，即便是这么易得的普通品种，它的香味已胜出其他佐料太多，有着喧宾夺主的气场。

干蘑菇有其非同凡响的魅力，暂且分为花菇与冬菇两种吧，前者菇身扁平，香味浓郁，适合煮汤；后者菇身肥厚，香味清淡，犹适合炒菜。我喜爱的一道栗子冬菇就是因为此菜无肉胜有肉的丰富口感。栗子去皮待用，冬菇用清水泡发，洗净，加入高汤，适当的生抽、料酒、盐、白糖一起煮二十分钟，待栗子熟透后，大火收浓汁就行了。热腾腾端上桌时，栗子香糯，冬菇滑韧爽口，似有肉却无腻，恰到好处的美味让人回味无穷。总算以勤补拙，用亲手料理的方式体验了蘑菇带来的美好。

同事大喜，娶了个东北娘子，新婚回来油光满脸喜不自胜，拍了拍横空生出的几斤五花肥膘豪情万丈，游说部门里剩下的那一撮单身小年轻："娶媳妇呀还是娶北方的好啊，不为别的，就为那道女婿上门丈母娘一定给做的小鸡炖蘑菇。小鸡味美蘑菇鲜香，两个合在一块儿炖，都绝了，东北菜那个盐足油重啊，做起来全是好菜，每一顿我从细胞到毛孔都是酣畅淋漓的。"

有那么夸张吗？我瞟了他几眼，分明是在藐视我们南方菜的清淡寡油呢。油我们也是用的，只是爱低调着用，比如下面这道椒盐鲜平菇，就是让油给包装出来的。用平菇撕小块，洗净，挤干水分，放入调料趁油热裹糊炸之，如此色泽酥黄又不至吸入过多油，就着稀饭，再衬点咸菜，挺清新爽口的。

对于鲜菇来说，油过多是会折煞它的自然本性，真正适合它的料理是返璞归真的。我曾在进口商店买过两颗碗口大的新鲜蘑菇，除了体形巨大外，别的没什么神奇之处。我把它的菇蒂给剪平了，用厨房清洁纸将它表皮擦拭干净就下锅了，少油干煎，我不让它水洗的理由很简单，我怕前期水过多地吸收会稀释它的鲜香味道。事实证明我是对的，这种在烹饪中逐量加少汤煨之的红烧法让它口感更圆满，我把它盛在冷盘上，莹泽剔透，取来刀叉跟品尝牛排一样分切成小块，送入口中，它弹牙柔韧，汤汁绕齿，实在是妙不可言。

滇藏一带处处崇山峻岭，菌类繁多，这里面的佼佼者当属松茸。我当然没有吃过，只是跟着电视纪录片有所了解，知道它的珍稀与难得。松茸对生长环境要求极为苛刻，但目前已有人工栽培的成功先例。近年来由于环境的恶化和大规模掠夺式的采集，野生松茸资源日渐枯竭，大概还等不到我发家致富有能力品尝到它，便已经灭绝了。

对这种力所不能及的事我没什么可担心的，我就是害怕松茸要让人给吃没了，会不会影响旁系的杂菌类，它们若也变成"高富帅"了，我这种"矮穷矬"即使勒紧裤带也过不好生活了。我还指望用它的物美价廉做掩护，打造我轻食洁简的高雅生活呢。嚼着肉一样的口感，做出吃素的天真，想想就好文艺范的。

　　我要塑造一种蘑菇一般的格调，个性看似清高却有海纳百川之量，给予什么便吸收什么。海绵状的菇体有吸附功能，洁净与排毒，畅通里外，益人利己，健康无害。心宽大，集众家之所长，人生道路才能更广阔。

薄荷小姐的丫鬟命

　　家里阳台上，他爹种了满盆的薄荷，颜色碧玉，青翠欲滴，煞是好看。他每天都要"piapia"地跑去看上一眼，然后心满意足，遐想无限。

　　"你造（知道）吗？这个东西可以泡茶喝，能中和身体的酸碱度。"他说的时候就差没跷起个兰花指。

　　"哦。"对于这些地球人都知道的真相我向来意兴阑珊。

　　"你造（知道）吗？薄荷可以祛风散热，还解毒呢。"

　　"哦。"

　　"你造（知道）吗？做鱼的时候放一点这个，比用柠檬的味道要好得多了。"

　　"哦。"

　　就是这么个高格调小清新的东西，在一天清晨它突然凭空消失了，细看了下是让我家奶奶给拔了，扔了，原处种上了她从外边捡来的辣椒秧。奶奶的动机很简单，就是除草嘛，再腾个空地出来种点好东西。跟辣椒这个餐桌上的霸王比，薄荷充其量只能算个小丫鬟，基本没有存在的必要。

被这么辱没心目中的"女神"，他爹知道后都要气哭了，周身不通畅，叉着个腰在大厅里来回顺气，最后报复性地把奶奶种的所有辣椒苗给拔了。

在他俩站阳台前，鼓着个腮帮子怒目相视时，我悄悄地走过去，拿起手中的手机，"咔嚓"拍一下移花接木不遂两败俱伤的案发现场，完事，走人。作为一个资深打酱油的，我实在是很尽职。

大仇已报，薄荷小姐也该安息了，看着他爹悲愤欲绝正在努力恢复薄荷游魂残存的小根茎，相信它即便回天乏术，也能很快投胎再新生。作为一株草，世间能有人如此相待，算没白来了吧。

我为什么有些意兴阑珊呢？对，就是因为它是个女的，见他爹这么喜闻乐见的样我便异性相斥了，如果植物也分性别的话。她是那么清丽脱俗，婀娜妖娆，它怎么可能不是女的呢？

你看，在柠檬薄荷茶里面，静置在透明冰壶中的它，恣意舒张时，是如此的娉婷优雅、风采超然。

泡它很简单，柠檬半个切片，薄荷数枝洗净，绿茶包一个，沸水泡绿茶，温水时加入柠檬片，待水不烫时加入薄荷枝，待凉后放入冰箱冷冻，入口后你就能体验到它非同一般的清爽味道了。

你再看，在荔枝薄荷冰里面，与荔枝的珠圆玉润比，薄荷也毫不逊色，撒在其间的碧色碎花状细末更显优雅从容。

品它，只需将荔枝壳和核剔尽，与剪碎的薄荷叶兑沸水，浸泡二十分钟后加入蜂蜜，冰冻后，即可盛出食用。荔枝的爽，配以薄荷的鲜，及蜂蜜的润，能酥到人的骨子里。

你还看，在薄荷粥里面的它，与粥水的软糯胶着融合，升华了白粥本身斋寡的境界，这时的它似母性温婉，柔情似水。

在我还很小的时候，薄荷真是从"草"里来的，没有谁会特意费心栽种它，它只是藏在土路边墙根的众多杂草里面的一小撮，独具慧眼的人们会在需要用到的时候来采，凭着那一缕淡淡的香。

我们姐弟几个只要伤风感冒了，老妈给整的总是千万年不变的薄荷粥。在床上头重脚轻地躺着，耳闻八方。先闻到白粥熬到稀烂的米香味，接着便有水泵摇水"哗啦"的水洗声，那是薄荷刚拔回来正在清洗的工序，同时能闻到的是新鲜的泥腥味，然后是木棒舂东西的动静，这是薄荷叶子被工捣碎的声音。不一会儿，便开始有绕梁的薄荷清香弥漫整间屋子，听着我妈揭锅盖，搅粥，放薄荷沫，倒香油，调味的陶碗小匙相碰声，有条不紊，未到嘴边，已觉身心暖暖的。一碗鲜香的热粥吃下后，再裹着被子发汗，一觉醒来，便神清气爽了。

即便是川贵菜系中的凉拌折耳根里面，那数片薄荷的点缀也是魅力独具，惹人喜爱的。

与朋友吃饭，他盛情推荐的凉拌折耳根让我的味觉不知所措，本身那股子类似药味，类似铁锈，又类似鱼腥的味道是那么的独特，让我实难苟同，天下竟有我这种吃货挑战不了的食物。所幸一同拌过糖醋酱及辣花椒油的薄荷却能以较为平和的姿态给人以台阶，总算让我避免了无从下筷的尴尬。薄荷似乎与辛辣刺激的调味品极为相衬，入口滋味浓郁，层次丰富却道道分明，让人回味无穷。

　　回去后，试过在做香辣虾的时候加一把薄荷，味道很是让人惊喜，香辣到极致的刺激里还夹杂着清凉的快感，吐纳之间，可以体验到冰火两重天。在这里，薄荷是巾帼不让须眉磅礴大气的女子。

　　为何说薄荷如女子，就是因为它有水的性子，以柔克刚，含蓄内秀，于不争不抢中尽显光芒。所以这么完美地存在，我又怎么可能不心甘情愿地喜欢它呢？

　　不过，想想它的命也真不大好，多少次成功的亮相总是以陪衬的角色出现，纵是全身技艺，终归是输了名分。女人何必为难女人，对它的计较也就此算了罢。

萝卜与黄豆之天仙配

　　从前，有一个萝卜与一粒黄豆，他们出身贫寒，青梅竹马，两小无猜。萝卜哥憨厚老实，黄豆妹清新俏丽，门当户对，性格匹配，倒也是很合适的一对儿。萝卜哥一早便有打算，想着努力赚点钱，等黄豆妹再大一些，便上门提亲，他说过，要尽己所能，给她幸福生活。

　　可惜天不遂萝卜愿，他们的恋情遭到了来自父母的棒杀，用黄豆爹的话说，要两穷凑一块儿，那就得苦上加苦了啊，你萝卜天生虚胖，或许还能经熬些，但我家黄豆如此娇小，就那么一丁点儿，怎么受得住艰辛生活的磨难呢？萝卜娘也不同意，她需要看起来结实的、能干活的媳妇。

　　一边是理想爱情，一边是现实生活，他俩悲伤欲绝，无从选择，能做的似乎只有抱头痛哭了。眼看一对有情人就要被拆散了。忽然天气晴转阴，狂风大作，伴着隆隆雷声入耳的密语是："萝卜，你要改变，涅槃才能重生；黄豆，你要让别人看到你的小而强大，幸福就在眼前。"

由此，萝卜决心开始他的蜕变之旅，他立志要成为人见人爱的萝卜小菜，只有提高自身的核心价值，才有赢取幸福的机会。

蜕变的过程是惊心动魄的，要经过"腌、晒、藏"三大难关，每一关都伤筋动骨。

先是腌。将自己洗涮干净后，用刀一分为六块，每块为七八厘米厚的长条状，躺进盐水内浸泡，再忍受浑身伤口遭揉捏的痛楚，水分被甩干后，再换至有网眼的沥水箩筐中以粗盐腌制，一层萝卜一层盐，最后再以厚重石块挤压。

再是晒。熬过前期二十四小时的非人折磨后，梦想中的萝卜干的雏形开始被塑造出来了，自己的耐受力也慢慢加大，这个时候就是塑形巩固的时期，主要靠日晒，不畏艰难险阻，顶着烈日咬牙隐忍，把体内多余的水分都给逼出来，如此迎着艳阳早出，再伴着夕阳晚归，晒足一周整七天。

后是藏。通过太阳无情炙晒的考验，此时离"高富帅"又近了一步。看，光是古铜色的肌肤就让人羡慕了。当然想要完美升华，最后一步的窖藏必不可少，为了心中一直所盼的曙光，心甘情愿将自己入瓮封存，只要希望之光在冉冉升起，黎明前的黑暗就不再可怕，以含胸俯首的绝对虔诚接受黄泥封印的加持，开始进入闭关修为。

数月过后，泪满腮帮的黄豆妹终于迎来了日思夜盼的萝卜哥，开坛新生后已晋升萝卜干的它再也不是以前那个虚胖子了，它已经变得修长精干，气宇轩昂。近看它，色泽黄亮；轻嗅它，香味诱人；品尝它，咸中带甜。相较以前的清斋寡相，现在已然是低调奢华有内涵了。

第一次在父母面前证明实力，是在变身后的第二天，萝卜哥接到能赚钱的新活儿了。是大户人家五花肉雇它去的，要做一盘萝卜干焖猪肉呢。第一次与土豪做朋友，萝卜哥小心谨慎。只见它先把自己切成薄片，用水浸泡着，静待自己舒展成三角扇状。这时猪肉也被切了块，被人用料酒、生抽、盐、胡椒粉和糖非礼了，糊了满身都是。半小时的工夫，一切准备妥当后，便开始起锅放油了，下肉，煸至肉块微焦黄，在满锅油滑光亮的档儿，萝卜干不失时机跳下来帮忙，吸收多余油脂增加爽脆度是它此行的首要任务，伴着几块姜、几匙油盐酱醋调味料，它把自己全身心投入菜肴里与猪肉融为一体，随着加入的高汤烹煮，它奋力伸张自己吸附容量，与肉块这个大主角配合得当，以从不争不抢的态度平分了秋色。出锅后，汁稠味美，油而不腻，二者皆获得众人的交口称赞。

主人家的好朋友土鸡蛋来访碰见，非要请它再合作一个烘蛋脯，盛情难却之下，它再度将自己净身切成碎末，沥干后，先跳进锅内烘炒，等干燥后再接受香油的加入，继续炒至出味。鸡蛋这时可以打散拌上葱花调好味道倒进来了，萝卜干要做的只能是耐心宽容地以底层建筑者的姿态接纳它，至蛋液稍微凝固，再翻面煎烤到焦香扑鼻。众人试之，都频频点头。

牛刀小试，便有不错的反响，这终归让黄豆爹脸上有了点笑容，只是黄豆娘高兴之余又有些担心，若是这些菜式别人都吃烦了，那该怎么办，总是要有一样独门的防身绝技才行。萝卜哥听了，淡定而从容，说无妨，绝技是有的。

能让萝卜哥一劳永逸的是它的独家本领——餐前开胃小菜"香辣萝卜丝"是也。把自己切成细条，用清水浸泡三十分钟左右，捞起，挤干水分，盛入大碗，调以盐，揉拌均匀，放入冰箱七八个小时入味。将干辣椒及香料磨成粉，厚厚一层扬撒到自己身上；用真空保鲜碗压紧，盖紧盖子，二度放入冰箱，腌制一两天左右即可食用。这是家家常备的爽口小菜，百吃不厌，越吃越上瘾，是饮酒或喝粥的最佳伴侣。

看着萝卜哥自强不息练就的一身好武艺，黄豆妹也不甘示弱，向未来公婆展示了她新学来的碎骨神功。只见她一个飞身投入石磨底下，顷刻便化作一股奶白色的豆汁，端与众人试饮之，无不啧啧称奇。黄豆妹再加以解说豆浆的各种神奇疗效，所提供的营养乃首屈一指。

最后彻底征服大家的是一碗素食汤，那是两人抱在一起煮的一锅萝卜干黄豆汤，洁净无华，一丁油腥也没有，却是特别地清香甘甜，

沁人心脾。不可想象，如此平淡无奇，却组合出了让人艳羡的味道

　　洞房花烛夜，黄豆妹熊抱着萝卜哥，情意绵绵："老公，我怎么越看你越像人参呢，你简直比它还无所不能。"萝卜哥心都化了，也回娇妻以情真意切："老婆，我也觉得你像颗仙丹，还管包治百病呢。"

　　夜已深，萝卜哥与黄豆妹这对天作之合的伴侣，终于可以想干什么便干什么去了。

　　这个故事真正想告诉我们的是，萝卜干黄豆汤是真的好好喝。不信你试试！

我爱麦当劳

　　我喜欢肯德基，因为那里有卖手指一样的胡萝卜包，虽然现在已经涨价到两块五毛钱了，也还是那最亲民的产品，我喜欢一切我能轻易摸得到够得着的东西。我在吃的时候常会想起一个笑话，说是有人问黑人为什么最不喜欢吃长条的黑巧克力呢，黑人答是因为怕咬到自己的手指。然后我便会条件反射地放小口咬，淡黄淡黄的细条状，别也咬到自己同样颜色的手指了。

　　吃东西也有这么分裂的心理过程，一般人我不告诉他。

　　所以，那天我顺路在麦当劳匆匆打包了个早餐，回到办公室细嚼慢咽时，发现了猪扒包里有一丝状的绿色异物，当下我没有跳起来或者直接扔掉，也跟我习惯边盯边吃边联想有关。

　　我先猜，它大概是肉本身的颜色，因为猪吃了带绿色的蔬菜，有一丝吸收到肉里来了；我再猜，它也许就是配菜的一种，就是颜色深了些；我还猜，可能是太久没吃这个了，他们创新了内容而我不知道呢；最后，我用手拉扯了一下，不弯不折，很有韧性啊，看来放口里可以嚼上一天，嘴巴寂寞的救星。

对于费解的东西，我向来有求知欲，我用手机拍了张照片，找出纸袋里边的小票，准备不耻下问了。

"你好，请问你们餐厅主管在吗？我有个事情想请教。"我拨通了电话。

"您好，小姐，我是花城店的餐厅经理，请问有什么能帮到您？"是一位男士接听，态度热情客气。

"是这样的，我早上在你们店里买了个早餐，猪扒包里面有个馅料我不认识，想麻烦你帮我指点一下，你给我个手机号，我发你图片，更真切些。"

感觉对方语气一顿，却也接得迅速："好的，好的，有什么问题，我们一定配合处理，麻烦您传个图片过来。我的电话是××××。"

挂断电话后，我顺手拿过桌面的水杯猛喝了一口，喝完才发现是昨天倒的。

传完图片，便接到回信，说他们先看看，一有结论，便回我电话。

等待回复间隙，我拿过电脑开始干活了，刚捣腾两分钟，我发现肚子有隐隐作痛的感觉，一阵一阵，似有若无，忽隐忽显。对方打来电话时，我正按着肚子拧着个脸，我说我有点不舒服，等一会儿再说。电话一放，我便奔洗手间去了。

对方再打过来时，第一句便是情浓意切的关心："小姐，您现在怎么样了？刚才是食物引起的不舒服吗？需要我们陪您上医院吗？"

一趟洗手间下来，其实我都好利索了，只是没想他们揽事上身的态度还挺诚恳。

"啊，谢谢，还好。"

"实在对不起，今天多谢您的监督，我一定会向上级反映，检讨自身，再加强作业的流程管理，让顾客一如既往放心安心。"他避重就轻，不正面回答我前面的疑问，转而又把重心放我身上，"请问小姐您的地址，如果方便，我想一会儿亲自过去向您道个歉，帮您把今天的餐退了，再送一份午餐，让您能品尝一下我们其他的产品，多提意见，另外，如果您的身体再有不舒服，请一定要告诉我们，我们很愿意陪您前往医院。"

真是高啊！我吧，其实刚开始在打电话传图片时是想黑他们一把的，不过，闹肚子那一出真是意外，我猜是喝凉水的缘故，没想很巧合让他们误会了，大概以为我要讹他们，故有了此番怀柔政策。实际上，我赚不到便宜，他们也吃不了亏，像我这种还不算坏透的人，在这种状况下都会有些不好意思的，十块八块的东西，人家还跑来说要退款给你，还亲自道歉。总的来说，他们能站在消费者的立场解决问题，这个态度还是值得肯定的。

在公司楼下大堂处，我接待了上门的的餐厅经理，并接受了他的道歉。在他的再三关切下，我也主动说明肚子不舒服可能与自己早上喝了凉水有关系，并说希望他们的出品能与他们对顾客的诚恳是一致的。

连我这个受害者都说了客套的话，他们的歉也没白道。

临走前，小伙子热情邀请我一定要再次光临，如果过去，一定要告诉他，由他来亲自为我服务。我半眯着笑眼答应了，心想，肯定要告诉你啊，我再吃个什么么蛾子出来，我要你当着我的面吃了它。

话说，没有要求就没有进步，在大中华的美食圈，这话是无用的，有多少人为了一己之利，无所不用其极的。有多少圈地支摊的，能坑一个是一个。那些所谓的百年老店，有几个品质从一而终，有多少是包装来的。心里积怨良久，无处撒泼，本想抓这个机会，小客欺大店一把，不想，又中了人家早已备好的糖衣炮弹，一发一个准。不是我等贪恋华而不实的花言巧语，是早已习惯了自取其辱的冷言冷语才会如此缺乏免疫。

不信你找个小店，说他做的东西不好吃，肯定让你哪里凉快哪里待着去，爱吃不吃；不信你找个大店，说你吃坏了肚子要求解释，肯定一群保安从天而降，问你哪里不好你说说。

我等大中华蚁民，可悲可叹矣。

我现在也喜欢麦当劳。

插画：邱文茵

第四章

真美味——选一种姿态，让自己吃得欢喜自在

插画：邱文茵

翠花，上酸菜

我土生土长在南方，按广东菜清、淡、寡的特点，我们家偏重口味，实在是不合常理，又因我人高马大，骨相奇粗，总会让人追着屁股问："哎，你家祖籍是不是北方的啊？"

在那个闭塞的小乡村里，我妈一直自傲地认为，只要出了广东，其他说普通话的地方全是北方。被我爸拉去过几次省城后，对广东概念依然模糊的她倒是对广州的印象具体了，观点有所改变，认为只要出了广州城，其他以外都是北方。那会儿她可能做梦也不会想到，若干年后，我们姐几个全都嫁出广东了，给她组团带回了一屋子说普通话的北方人。

我爸年轻时走南闯北，饮食口味比较纷杂，他常常会带回当地的特产让我们尝鲜，任由甜辣香酸各异的口味刺激我们未曾开发过的知觉神经。所以我们自小都爱吃辣的，因为基础打得好，我们姐几个吃辣还从来不长痘，这在广东也是件挺逆天的事。酸的地位在我家与辣同等，也许还略胜一筹。这跟气候及日常的饮食习惯有关系，南方四季不分明，春夏季占据了全年的一大半，天气闷热，食欲不振，酸味食品能生津开胃。炎炎夏季，清粥配以，一盘炒酸菜，永远是我家餐桌的主旋律，百吃不厌烦。

我家的酸菜有两个品牌，一个是爸牌，一个是妈牌，均是我爹妈良性竞技下的产物，很易分辨。那个颜色深亮、酸味浓郁的，是我妈做的；而呈明黄半透明状、酸味略逊、口感脆爽的，便是我老爹的杰作了。他俩和睦了一辈子，却在这个上面互不待见，无法达成共识，我自小被作为中间人居间其中，费尽了口舌。

我爸鬼鬼祟祟地说："你妈做的那个，是有一股子酸臭味吧？一闻就知道又是存久了，你别吃她的，吃我这个。"我悄悄点头，回他一个我懂得的眼神。

我妈别有用心地说："你瞧你爸做的那都是些什么东西，他以为他是泡青菜呢，一看就知道是半成品，你别吃他的，吃我这个。"我头如捣蒜，只为力证自己与她所见略同。

上桌吃饭，他俩东西各占一头，两大盘酸菜是那日的打擂重点，看着他俩均胜算在握，胸有成竹，我唯唯诺诺，举着筷子左右环顾，意在平分秋色，却成了两边的叛徒，惹得他们白眼齐飞，同声喝斥，"白养你个不识货的东西！"看来无间道不好走。

其实我觉得，他俩都是闲的，做法虽然不一样，但并没有天壤之别，反正他俩分得再清，给我的感觉都是一个家常味。

在我长大见世面后，我看到一个个精致的透明玻璃坛子里面五颜六色煞是好看，都是酸菜，只是种类不同，红辣椒、青菜豆、白萝卜、嫩仔姜等，我尝试过的少数几种，觉得与我家出品的味道差不多，神奇的只是制作方法，竟可以这么光明磊落、楚楚动人。相比之下，我爹妈弄的那简直是黑暗料理。

我来给他们的制作过程爆个料：半箩筐的绿叶大芥菜，先整棵投水槽里大浪淘沙，然后放入开水断生，再捞出沥干，准备一盆盐水及一个半人高深度黝黑又有斑驳内涵的大瓦缸，沥干后的芥菜放置盐水内，使出吃奶劲儿地揉搓、拍打，等盐水与青菜充分融合后，渗透盐水的芥菜就要被绞干水分，接着丢进大缸，一棵棵码好，山堆的尖上再压进一块大石头，最后捡过旁边一顶大大的破竹篾大帽往上面一盖便完事了。那个马虎与随便，让人不忍直视。

小时候特费解那块破石头，后来我爸给我开谜解惑。他神叨叨地说，所有故事里面，但凡有大石头出现的地方，作用都举足轻重，比如镇魔——五指山下的孙悟空，又比如降妖——关押白娘子的雷峰塔。这块泡菜瓦缸中的石头同样不可小觑，所有的压力密封全靠它，是决定酸菜最终色、香、味的关键。

我茫然不知真假，不过，只要我妈在开坛的那天加几个鸡蛋，炒酸菜的味道倒是可以让我暂且忘掉过程。

酸菜炒鸡蛋是我妈所能想到的最佳搭配，看着我们只顾埋头扒饭的样子，她脸上闪烁着至高智慧的光芒。斋炒作为基本款，我们也是爱吃的，半勺香榨花生油，几瓣拍大蒜，一根火红朝天椒，旺火爆炒，在酸辣勾引下，喷嚏连连、涕泪横飞，热菜拌清粥，开怀畅饮，好不痛快。当然，也有悲伤的事，就是这么刮油的东西吃多了，我们童年都长成了条状。绿条绿条的样子，迎风摆动，跟海草似的。

长胖属于后来的事，那是遇见了酸菜炖粉条与大盆杀猪菜，大块的猪骨头与五花肉烹煮细碎嫩黄的渍酸菜，犹如美女配野兽，烈火豪情柔情百转，大荤大素的终极PK后留下让人叹为观止的绝味。北方菜不像粤菜那么细腻、精致、小巧，它更具北方人的豪放、大气和热情，让人回味无穷，别看我长条身段，个性里呼呼哈哈喊打喊杀，与这位居东北三大名菜之首的猪肉酸菜炖粉条是貌合神契的，也敢称侠义风范之表率。嘿，不表态，怎好意思嫁外省呢?

爸妈第一次来我工作的城市，是在我毕业后的第二年，薪水微薄的我想聊表孝意又怕心有余力不足，鼓起勇气请他们上趟餐厅，推脱半天只肯让我点份酸菜鱼，草草再叫两份青菜完事。能点下那份酸菜鱼，也是参照邻桌的，大半盆的酸菜绿油油地占了大半，猜想大概也是经济实惠的货。正宗的川菜馆以他们想不到的技艺亮出了看家本领，镇店招牌菜热辣出锅，黄澄的香油下鱼片嫩滑，酸菜爽脆，汤底惹味，他俩吃了个底朝天，最终也没想明白这到底是怎么做出来的。我爸说："不应该啊，只是个酸菜跟鱼烧一起，怎么就这么相衬呢。"我妈也说不应该，她很是懊恼，这样的味道肯定是很贵的。

爸妈第二次结伴而行时，我已在这个城市置下小窝了，生活虽不富裕，也能三餐饱足，在日常吃喝上还可以偶尔奢侈下。比如，在那个环境雅致的餐馆落座后，我也敢中气十足在空阔的大厅里来喊一声："翠花，上酸菜！"

酸菜炖老鸭、重庆酸菜鱼、酸菜熘肚条、酸菜炒牛肉，再整份酸菜肉包子，齐了！当下我找到好有钱的快感，爹妈也顿觉这娃儿没白养。

酸菜作为美食舞台上的大青衣，虽没有花旦的主流艳媚，却也风情独具，让人不可忘却矣。

豆腐的逆袭之路

豆腐，是种神奇的食物。

话说发明豆腐的人是汉高祖刘邦的孙儿——淮南王刘安，这哥们自幼便聪慧过人，青年时德智体全面发展。大概是艺高人胆大了，年长后，他开始追求长生不老之术，因此不惜重金，广请江湖方士炼丹养生，豆腐这物件就是在那会儿被误打误撞研制出来的。按这豆腐所具有的营养价值，刘大人要经常食用多加保重的话，大概是能延年益寿的，可惜他后来还是因为吃了仙丹，早登了极乐。听说他服仙药那日，边上的鸡啊狗的都捡着吃了，也一并随他升了天，那著名的成语"一人得道，鸡犬升天"就是因此而来的。

跑题了。我就是想略为表达一下遗憾，刘大人没有赶上好时候，要是在今天，他是不会想那么早当神仙的。他研发的豆腐早已不是当年的那个豆腐，它已经逆袭了，花样百变华丽转身在各地餐桌大放异彩，神仙见了都想下凡了。

小时候不爱吃豆腐，我妈一让吃便跟她急，斩钉截铁，主要是她对豆腐的创造力太有限了。怎么做都是一穷二白的寡淡味，瞅着了无生趣。

我爸从厨房端出了个菜，举过头顶，神秘兮兮，让我们猜是什么好吃的。他表演前的预热做得好，我们几个都好激动，纷纷猜测："大虾？""排骨？""鸡？"每猜一个，他均含笑摇摇头，有条不紊成竹在胸的样子更让我暗暗期待不已，我想可能是难得一吃的螃蟹了。等他缓缓把盘子放下来，一块白灼豆腐赫然眼前时，我们的心都碎了，气急败坏，姐弟几个双手一插，什么玩意，打死也不吃，哼！排排站着，斜睨我爸继续表演。

只见他先拍了个蒜丢进去，再加剁碎的姜末与葱花，然后淋上香油酱醋，这跟作画似的，雪白豆腐如画布，经他随意点染后神奇的事发生了，豆腐竟变得生动与立体起来，闻着还扑鼻清香。

"来一点？"我爸一勺子下去，跟铲雪糕似的，酱汁点缀如巧克力，确实诱人。

试着舔一下，有味的，尝一点，嫩嫩的，咬一口，爽滑微甜，入口即化，好像还不错呢。还是我爸业界良心，起码肯费点佐料，比我妈煮的豆腐汤是要好吃多了，那个吃了跟没吃似的，无色无味，不知为了啥。

我爸的这个创新与后来吃到的咸豆花有异曲同工之妙，不过基于地域立场，我觉得豆花就应该是甜的，谁跟我争也没用。咸的就是凉拌菜嘛，夏天与拍黄瓜并驾齐驱，也是下饭的明星小菜，术业有专攻嘛，都是好吃的。

豆花是个很讨巧的食物，它彻底解放了我对嫩白豆腐的仇视态度，开始由心里接受它。刚从保温桶里割出来的豆花，水水的，润润的，渗入姜汁或白糖，甜蜜如汤羹，一口接一口，很难停得下来。村里常有上门叫卖的小贩，自行车的后架上放着两个保温桶，一边是黑凉粉，一边是白豆花，售价同等，五毛钱一碗，我常常扛个大汤盆追着跑，各来两份，再摇摇晃晃地抱回去与弟妹们分享，阳光下，它们晶莹剔透，黑白如棋子相撞，色与味都美好极了。

相对于豆花的软，我更爱豆腐的硬，要作为一款老少咸宜、行走江湖的大菜，只软趴趴也难成体统，兼能扛捏耐咬是必需的。只要有心改变也容易，与油为挚友，任它再柔软也能煎炸成煎饼状。

老家的特色小吃豆腐角榜上有名，深受十里八乡群众的喜爱，自第一次品尝后我便相见恨晚。豆腐斜切大三角状放热油里炸到两面焦黄、硬脆时便可捞起，沥油摊凉后蘸酱吃，也可以在面上撒点炒盐裹生菜同吃，质地改变的豆腐块微微弹牙，伴着生菜一起嚼，脆爽可口，唇齿留香。我什么都不放，趁着热左右手轮颠着，哈着气啃出一个小口，先吸食里面的嫩白，留着焦脆的外壳再慢慢品味，精华要吃得太快就可惜了。有一回，刚刚把内容收拾干净，饼壳还烫手着便掉了地，一只窥伺已久的看门狗立马给叼了去，崩溃得我真想哭到山崩地烈。

在我看来，臭豆腐就是他乡版的豆腐角了，不过那是个绝处逢生的典范，经过了多少道工序才能糟践出这个味。它还因为这个气味熏天而举世闻名了，只能说，在吃货的世界里，通行的法则是艺高人胆大。我没有正儿八经畅快地吃过臭豆腐，我欲吃即止，欲罢又不能，这种煎熬，全拜这个气味所赐，心存怨念的我，从此自学成才，土制了一道家常版浇汁豆腐。

老豆腐切成薄薄的小方块，煎至两面焦黄，用筷子在硬脆面上戳出一窝窝的洞眼，盛出摆盘，再调汁，热油爆香干辣椒与花麻子，加入姜、蒜、酱、醋、糖各少许，旺火滚开后淋在已准备好的豆腐上，随着"吵"声作响，干柴遇烈火的碰撞与融合，我的豆腐新生了，除了闻起来不臭，吃起来，那个麻辣鲜香也齐全了。

冻豆腐是误打误撞吃到的。我自小四肢不勤、五谷不分，刚开始用冰箱时是为追求新鲜，啥东西都爱往冰箱放。有一日爹妈晚归我做饭，翻遍冰箱的犄角旮旯弄了个杂菜煲，一棵大叶子菜、一根丝瓜、半块萝卜、二三两五花肉、几粒海味干蚝与带子，豆腐是最后发现的，那冻成砖块的样子，我一看就坏事了，为了掩饰罪行，情急下，我便整个扔进了汤锅里，想着煮开了，就冒充鲜豆腐蒙混过关。结果当然暴露了，这冻后的豆腐只是空有其形，里面满是窟窿眼，我妈只咬一口便说坏了，肯定是冻久冻坏了。不过她还是跟着我一块吃完了，虽然她一边吃一边骂我糟蹋粮食，但我明显感觉她也认为饱吸汤汁的冻豆腐是与众不同的，这姐们儿口是心非得很。

小家出小菜，大菜皆是在外头蹭吃到的。

有一伙哥们儿相识于微时，其中有位是客家人。他热情好客，自称厨艺上乘，常叨叨要做顿正宗的家乡味给我们尝尝，总算在一个周末午后，在他狭小的出租屋里吃到了。满屋的人头热闹非凡，满桌的菜香味蕾叫嚣，其中一道酿豆腐根正苗红，是他刚从老家带过来的，白素的豆腐块上嵌着荤肉，那是用葱姜蒜末加以香菇拌上肉泥而成的，两相结合，素不寡，肉不腻，恰到好处。我连吃了四大块，当众坐实了他们对我"吃货"的指认。多少年过去了，还能记得那个味，记得那个曾经挥汗如雨下厨款待我们的诚挚伙伴。

第一次吃正儿八经的蟹黄豆腐是在上海，品尝之后我惊为天人，因为它黄澄澄的那一碗铺垫不是咸蛋黄，是真正蟹膏，主人家的情深义重，让我忐忑难安，我说太豪华了吧，主人家很客气地说，只是豆腐而已。蟹膏黄香，豆腐白嫩，咸中带鲜，香鲜可口。我如此普通一女子遇上蟹黄般的尊贵相待，竟也自觉高大起来。

大概宇宙间每样东西都需有个好底子，同时也要有味才能立体，豆腐如是，遇好料逆袭了；人如是，遇好友圆满了。

米饭的高级料理

四川有个酱菜牌子叫"饭扫光"，名字取得烟火味浓，接地气，很受大众待见。我认为它能这般有群众基础，跟它敢于直面人们心底的喜恶也有很大关系，就是因为饭难扫光，所以才要强调拥有它的必要性。白饭，多难吃啊！

我从小就明白这个理，我也悄悄地知道饭要怎么吃才好吃。论米饭的高级料理就非炒饭莫属了。

念小学的时候，早上出门，经常揣着我妈给的两毛钱，在校门口买一碗稀得可以照见影子的白粥，就着几颗萝卜丁呼噜下去，早餐这事就当解决了。那会儿智慧不足，读书老耗费体力了。早晨那勺米汤撑到中午十一点半下课，我已经是饥肠辘辘了。

本着自强不息的精神，我首先要自救才行，古人闻鸡起舞，我得起早做饭。说做饭是夸大其词了，我倒是想做，得会才行，不过这不耽误我把自己喂饱。白米饭是隔夜、现成的，锅是昨晚的菜锅，脏也谈不上，就是有些其他闲杂剩余，反正弄熟都是粮食。抓过一把干柴叶子点着塞进灶膛里，热锅，从灶台的油罐里舀出一点猪油，放饭，我举着把铁头木柄的大铲子，翻来覆去，开始有油香飘送时，抓几颗粗盐撒上去，拌匀便成事了。

炒饭干香可口，别看整碗乌漆焦黑的，这可是有内涵的，在我嘴里它们粒粒分明，犹如舌尖上有精灵在舞蹈，细细嚼之，弹牙爽口，回味无穷，大半天过去还能打出饱嗝来，意犹未尽。

我妈无意间目睹了我的作品，她心酸加内疚地说："这玩意喂猫猫都不吃吧？"我大大咧咧地回她："那是肯定的，谁听说过猫有爱吃饭的呀。"我妈试着给我炒得原色原味的饭，让我好好吃。我没法好好吃，她那锅洗得太干净了，没了锅味，一点也不好吃。炒饭也是很有讲究的，你得把它当作一道菜来料理，别看我妈这么大个人了，对美食的觉悟还没我一个小孩儿高。我做的那一碗饭已然是当时厨艺的最高水平。

后来陆陆续续偷着做，加过酱油的，加过豆豉的，加过腐乳的，加过酸辣酱的，如神农尝百草似的，没失手过，全都很好吃。

长大后进城上学，那时的绿茵阁西餐厅刚开张，好高端的存在。一个师姐翘着兰花指，轻描淡写地说周末刚与朋友在那吃了饭，那里的咸鱼鸡粒炒饭还算不错。我一听便给镇住了，果真是有把饭当菜炒的呢，还咸鱼与鸡同搭配，听着就很潮的样子。

我是到第二年开始当人师姐的时候才算见了世面的。那是一个叫蒙地卡罗的西餐厅，这是一个天天在电台轰炸广告的本地西餐厅，跟欧洲没半毛钱关系，就是听起来华丽，消费昂贵。请客的高年级师兄如今不大记得长相了，有印象的还是那碟炒得花一样漂亮的饭，装在被掏空的菠萝碗中，葱翠的盛器，边上点缀着几朵蝴蝶兰，像一个静置的盆景，美丽极了。好像师兄问我感觉怎么样，我说挺好看的。现在想来，不知道他是哪个意思，反正味道也忘了，回来后就觉得赴约会这事也没啥神奇的，跟一个不怎么好玩的人说话是很累的。

　　不过，这次的开眼界对于我还是有很大影响的，知道味美与形美不可或缺，从而开启了我装腔作势的人生长路。

　　第一次请人吃饭，是我亲自下的厨，用朋友家的厨房，给她做的就是炒饭，因为这是最省事又能藏拙的方法，加之这些年瞎折腾的经验，多少能让我自信一些。我认为，想要炒饭好吃，用油是关键，如能选用泰国香米最好，没有的话，一般的米也能替代。米饭要提前煮好待凉，冰冻过更有颗粒感。配料新鲜即可，家常的活虾、鸡肉、豌豆、胡萝卜都可以，下锅的油比较研究，必需放些猪油，这样才惹味香浓。不出所料，朋友吃得兴高采烈，以为认识了个大隐于市的高手，但我笑而不语，这样的误会深得我心。

　　在自己当家做主后，能有个方寸之大小厨房任我捣腾，我的手艺渐渐开始崇洋媚外了。

洋葱与芝士是我爱用的配料，光听名字就很小资调调吧，也很好吃，比如芝士焗饭，既简单又易做。准备的材料有洋葱、香肠、胡萝卜、几颗鲜虾仁与芝士条，只需先把佐料加入饭中炒均匀，再盛起，于饭面上辅盖切碎的芝士，放200摄氏度的烤箱烤至芝士融化即可。熟软的芝士带点微焦，糯香绵长，我喜欢用叉子拉丝，再慢慢卷起，细细品尝，回味悠长。

装这件事有时是刹不住车的，只能默默等待那忽然醒来发现自己过去是傻瓜的一瞬间的到来，在这个过程中，格调最高的非地中海坚果炒饭莫属了。这真是一次忐忑的试验之旅，灵感来自我用微波炉烤生核桃仁吃，那个香脆实在妙不可言。

我选用洋葱与蘑菇做配菜，坚果有松子、瓜子、杏仁与核桃，点缀其中的有红枣肉与葡萄干，先把配菜与坚果放冷油热锅中拌炒几分钟，然后小火放白饭，加枣干等，再撒上盐、肉桂粉、胡椒粉等，炒匀盛起，送至烤箱150摄氏度烤约十五分钟，取出装盘，摆上几片薄荷叶子在边上，便大功告成了。

你要问我好不好吃，呃，这是个比较奇特的、口味又好丰富的作品，反正尝过的人都挺难忘的，他们也不知道这世上还有没有比这更混搭的米饭。反正挺装模作样的，尤其适合各种作秀摆拍，好高深难懂的样子。

待我心智成熟，使我返璞归真的是一碗简单的菜饭，在他爹还没成为他爹时，是他带我去吃的，家常的芥蓝切细碎，与米饭均匀地拌在一起，菜的绿与饭的白交相映衬，味道清新，爽口自然，没有做作的浓腻，也无摆设的高冷，可作主食，独当一面，可佐配菜，相当下饭。就是这么一碗看似平淡的饭，我扭扭捏捏，欲拒还迎，默默一头扎下去，就忘记住嘴了，当眼前看到两只空碗时，我大惊失色，这么能吃，让人发现了该如何嫁得掉呢?

后来问他爹，所幸他说这个米饭还是勉强能供应的，他也做好了准备以后自己少吃点。我吧，也没啥大追求，就为了这个保障，便把自己给嫁了。

当然，这都是年轻时的事情了，现在婚了、育了，体形渐渐走样了，视淀粉为肥胖的罪魁祸首了，那个营养不良吃多少也难饱的青春期只剩下回忆了。在柴米油盐酱醋茶的平淡生活里，我也没那么能咋呼了，像那种突然伸出一手亮瞎人眼的事基本是不做了，焖煮的白米饭在我家的餐桌上，是常备的基本款，平常、朴素、淡淡的，细嚼才能有清香，如人生百味中的底味，平和中却可容纳万象。

人成熟的其中一项表现也应该包括喜欢吃白米饭了。

牛肉之英雄特供

我对牛肉的好感来自武侠小说里面，江湖侠士总是佩着宝剑骑着快马衣袂飘飘而至，到了歇脚的客栈，往饭桌那一坐，扬声便是："小二，来三斤卤牛肉，一斤白酒！""好咧，客官您坐好！"随着一个殷勤回应，肩搭白手绢的店小二很快便能手脚麻利地端上酒菜来。然后，侠士就开始自斟自饮，好不快哉地吃了一顿饱饭。好像每次他们都是来牛肉，还必是三斤，从没在哪本书上读到他们有点过猪肉的，他们也不用吃白米饭，一点都不像我们俗人，世外高人嘛，可能是有酒有肉应该就够了的。

一切非近代的影视作品里面，牛肉的出镜率也最高，餐桌的道具菜中，永远有一盘切成片状的牛腱子肉，可见自古以来它的地位均非等闲，各路英雄都离不开它。

我对一个前辈刮目相看，也是因为他曾无意间说起，他这一辈子可以不为功名利禄，但唯有三样东西不可少，那就是美酒、牛肉与女人。我猜他肯定与我一样，是金庸、古龙的脑残粉。然后他比我入戏还要深，我倒还比他清醒点，晓得没有名和利是凑不齐这三样的，顶多与丐帮混为一谈，也有三样可傍身，不过只能是美酒、野鸡与打狗棒了。所以说，牛肉还是身份的象征。

想要当一个成年有身份的人，首先得从热爱西餐开始，学吃牛排的功夫必不可少。我是这么想的，所以上学时一个女同学相邀，约我一同去吃西餐，姿态妖娆地说那家店她经常去的，那儿的牛排煎得挺不错，我没去过不要紧，不晓得的地方，她教我就成。我便去了。

落座后，小资调调的女同学驾轻就熟喊来服务生："三成熟的Fillet。"转而问我，"你呢？"我茫然，不知所措，侍应生在旁和颜悦色地等着，我不知Fillet是啥意思，但结合它的三成熟应该就是一块牛肉了，我估摸着自己所能接受的口感，又免出错，便试探说了个："一样的，八成熟。"没人理我语气中的不确定，侍应生下了单便离开了。这时同学有点高冷，教导我说八成熟太熟了点，很少人吃牛排点这么熟的。我傻呵呵地回她："无所谓，反正就试试嘛，太生的怕吃了不适应。"

起菜了。一人一份，我发现两份相差五成熟的牛排看不出区别来，在同浇了黑椒汁后开干。在坐着等的时候，我通过谨慎地偷瞄旁桌，看准了刀叉的大概使用方法，不求多正确，但求不出糗，便认真吃了起来。

"好吃吗？"同学问我。

　　"还行。"其实一般，都没有我爸做的牛肉煮菜瓜好吃。"你那三成熟怎么看起来跟我的也差不多？"我好气地问她。

　　只见她嘟着个嘴，似嗔似怨："好讨厌的，每次来他们家叫三成熟的，都给烧成这样的了。"

　　"好吃吗？"我问她。

　　"不错，味道好极了。"她切了一小块放嘴里，论证给我看似的有滋有味地嚼起来。

　　我有些个不淡定了，连个火候都把握不好，还敢叫挺不错的餐厅？你还要经常来吃？这么个味道也好意思说味道好极了？对吃的还能不能有点追求了？这是特意找我来刷存在感的吗？

　　忍到结账后我才淡淡说了句："牛肉还是要吃熟点好，别下次师傅的手艺提高了，就容易拉肚子了。"

　　跟她的交情也就缘尽于此了，太小家子气了，与之交往都有失我的身份。我没吃过牛排也是吃过牛肉的，我在家里吃牛肉煮菜瓜的时候她都还穿着开裆裤呢，当然，我那会儿也穿开裆裤。

　　我爸说小时候的我喜欢用牛肉煮菜的汁来拌饭吃，每逢做这个菜，当天的饭都能吃得很端正，满满一碗饭，浇上汁，一片多余菜叶都不用，就可以自给自足了。别看我那时只有五六岁，已然是个很合格的吃货，懂得牛肉的美味所在了。牛肉在我嘴里的味道首先是甜的然后才是香的，我家至今还有牛肉煮菜的习惯，煮葫芦丝，煮萝卜，煮白地瓜，都是一样的鲜不可挡。像牛排这样的做法，还真没发挥出牛肉的最佳水平来。所以，她看不起我，觉得我没见过大场面，我也瞧不上她，觉得她辨别不出真滋味。

为啥说我爱与男同学玩呢，同去吃面，我哥们马大个总爱来一句："老板少点牛肉多点面！"每次都这样我就纳闷了，我问："你是这么不爱吃牛肉啊？"他说："不是，在加肉与加面之间，终归加面的心愿好实现一点。"多懂人情世故，多么洒脱与不羁，不就为混个肚儿圆，爱吃牛肉的人就该有这风风火火不拘小节的豪气，还有实诚。不过，如今细想来，也有点儿伤心，可想而知那碗牛肉面里面的牛肉有多稀薄，才会让他绝望至弃肉从面的。

不知牛肉面的开山鼻祖是谁，但我知道牛肉面是在台湾被发扬光大的，我有幸品尝过一次正宗的台湾牛肉面，我看其秘诀就是在于一个"大"字。普通大众的价格，大海碗，大块肉，光是分量就足够的业界良心，秘制而成的肥厚牛肋条肉，大块的牛筋，配以劲道的新鲜拉面加高汤而成，浓香味美，弹牙爽口，食者大快朵颐，好不过瘾。一碗面里边，肉少说得有小半斤，还可以免费加面加汤，那个肉吃不完还能打包带着走。能以牛肉做主角的店老板，就当配以这样的豪迈与气概。饭食嘛，有时候就为了图个尽兴，填肚子还是次要的。于是，台湾人民的形象在我心目中是挺伟岸的。

小时候，我爸在我心目中是无所不能的英雄，他身形如松，声如洪钟，冲天豪气与牛肉契合无间。他大口喝酒大口吃肉的样子洒脱威武，兴致高涨时，还能配合来一段"张飞爷爷在此，小贼往哪儿跑"的戏码，别说他那满脸的胡茬，演得还挺像。他爱吃，所以带领着我们也爱吃。长大后，我们性格爽朗，情绪张扬，个个欢乐不识愁，应该都是我爸的功劳。

忽而想起，我家有一点很是神奇，我爸大半辈子嗜牛肉如命，我妈大半辈子却不沾一点牛肉，真想不通我爸妈究竟是怎么过下来的，而我们小时候还能经常吃到牛肉烧菜瓜。好曲折离奇匪夷所思的人生际遇。

如此说来，我妈才应该是当之无愧的英雄。

万能圣品鸡的蛋

在很多70、80的孩童记忆里，蛋的地位应该都是举足轻重的。

听他爹说起小时候他们家生活很困难，我对困难的理解仅限于不能天天有肉吃，再深刻的便理解不了。他给我具体描述，意思是全家的柴米油盐的用度都要靠一只老母鸡，老母鸡一天下一个蛋，每个蛋都得攒起来，到一定量了再拿到集市上五分钱一个卖掉，换点生活必需品回来。小朋友每年只有生日的那天或者偶尔生病才能吃到一个水煮蛋，那已是件很奢侈的事了，所以他们哥姐几个总不由地盼着能生个病打打牙祭。

这生活真是困难啊，我听了后便想要安慰他，安慰人最好的方式莫过比惨了。我说我们家小时候也挺困难的，每天只能吃一顿饭，早上、中午都是喝稀粥的，没啥别的可吃了。他爹听了也表示同情，认为我俩算得上门当户对，就这么相互耽误到老，谁也怨不着谁了。

这说话也是一门艺术，如何将同样的事件阐述出不一样的效果，这需要有粉饰太平的机智。我的优越感都在心里呢,我怎么会告诉他,我其实是个"有钱人",我们的家乡早上、中午的习惯就是喝粥的,我的粥是我妈每天新鲜煲出来的鸡蛋粥,那个澄黄香喷、汁稠味美,好吃到只可意会难以言传。我妈说,不露富是做人的基本原则,要低调。

我妈是够低调的,她总会在小伙伴来找我上学的时候,踩着点给端出一大碗刚做好的鸡蛋粥,一边指挥我狼吞虎咽,一边不忘招呼邻家的小朋友们:"要不要也来吃一点?你妈妈今天有没给你做鸡蛋粥呀?"从小伙伴的唉叹的声音里,我妈总能找到中国好保姆的自豪感。她说:"多吃点,鸡蛋可是补脑的,吃多了聪明呢。"

那会儿的鸡蛋虽说不稀奇了,但也还是挺金贵的,在我弟妹还未出生的那些年,全家只有对我开了小灶,可见我妈的鸿鹄之志,多想把我当人才来打造。可惜很遗憾,我小时候数学经常才考几分,大概是物极必反吧,这多少打击了我妈的积极性,从每天一做,到隔天一做,再到周末才做了,即便她开始意兴阑珊,我却已经依赖上了这个味道,特别是在冬日的清晨里,能吃到一碗温热的混合了鸡蛋和油盐鲜香的稀米粥,那是起床的原始动力,童年的幸福在那碗粥里能窥见一二。

出于对自己作品的盲目自信,我妈刚开始还不能接受我天生愚钝这个事实。鸡蛋粥的热情过后,她还分别尝试过别的法子,比如鸡蛋冲牛奶、鸡蛋炖猪脑。这两样食物，因涉及的操作过程太生猛，口感太诡异，曾让我一度不堪回首。

那会儿流行电热杯，大伙都是用来烧点开水或煮个面什么的，我妈不知从哪儿取的经，听说牛奶加鸡蛋才是黄金搭档，配起来吃特别地益智。好，程序就是这样的简单粗暴，先在电热杯里烧开水，然后在准备好的玻璃杯里放两勺奶粉，水开后冲入杯中，这时接着拿起生鸡蛋一个，磕破后直接打进奶杯里，就这样完事了，搅都不见她搅一下，端过来让我趁热喝了，很补的。我看见那奶白色的水混沌不清，蛋花四散，这种近距离的视觉与即食的超速度让我有生吞它的强烈恐惧感。

鸡蛋炖猪脑，光是这个名称就让人对它的内容、口感无法直视了，不知怎么去形容，所有的词汇在遇上这盅炖品时都会苍白无力，因为它是那样的高高在上，那样的超凡脱俗，那样的独孤求败。

在我试过一次便再誓死不从后，我妈倒也看开了，她觉得我蠢是后天不肯努力的原因，她对我尽力了，其他的也只能随缘了，只是有些可惜，白瞎了家里那么多好鸡蛋。

我发现，在我妈那一辈人的眼中，鸡蛋是无所不能的滋补圣品，功效与寓意并重，即便是现今轻而易得了，那传统赋予它的功用仍然光芒四射。

男女老少每天要吃，提神醒脑必不可少。

坐月子要吃，米酒煮鸡蛋、姜醋鸡蛋都是补血利器。

生病要吃，益气复原缺不了。

结婚要吃，喜蛋催生贵子。

祝寿要吃，象征着福禄圆满。

考试更要吃，还得吃双的，两只鸡蛋，一根香肠，刚好一百分。

在这些习俗的影响下，大有国可一日无君，人类不可一日无蛋的意思。

记忆中，我妈对鸡蛋确实情有独钟，她曾经很喜欢在我出远门的时候给煮上一两斤，最起码有十来个土鸡蛋让我带上。干啥呢？当干粮吃。用她的说话，那叫一个干净卫生，营养丰富还便于携带。

她刚想出这个好办法的时候，简直要被自己的聪明才智给震住，实在是太妙了。幸好，鸡蛋这种东西吃过三五个也是要恶心犯吐的，不然要全给吃掉引起蛋白质中毒而英年早挂的话，那肯定是我妈爱我爱得深沉的结果。

我家婆婆在这点上与我妈也志同道合。记得我第一次去他们家，当然那会儿他们已脱贫致富也无须再拿鸡蛋换油盐了，她给我做的第一顿午饭就是下饺子，似乎平常无奇，就是一碗普通的家常饺子，下筷的时候才知道秘密所在。饺子原来是个幌子，里面竟然放了五个荷包蛋。我无可奈何吃到两眼发黄（实在是被撑到了眼睛），他爹在一旁同样边打着饱嗝边宽慰我，说这是他妈接待客人的惯例，五个鸡蛋的标准已然是认媳妇的最高级别了。还好最高是五个，不然这么高的门第，我一弱质女流的肚量如何敢高攀？

记得返程那天，乡亲邻里很热情，非要送点乡土特产过来，打开用稻草虚掩的竹编箩，里面码着满满一筐蛋，好真挚的心意！看着那一个个浑圆匀称的蛋，我忽然好想去一一拜访他们家里的母鸡，都太德高望重了。

我想母鸡在他们那里的地位应该是蛮高贵的，有点圣母皇太后的意思，每家得小心珍重着，因为它们都担着考验媳妇及迎来送往的重任呢。

自从听说我的肚子里面可能会有个妹妹之后，稻子有空便追着问我什么时候下蛋呢，他想要看一看，他对那个蛋倾注了极大的热情与好奇。鉴于他的锲而不舍，有一天我便拿出了一个鸡蛋，冒充这是我下的。他小心翼翼地捧过那枚蛋仔细端详，继而恍然大悟，转而对我一脸崇拜："噢，妈妈，原来鸡蛋就是你下的啊！"

"咯咯咯咯咯……"很荣幸我能成为一只母鸡。

“胗”是好吃

川菜里面有一道小炒鸡胗野山椒，特别惹味，逢去必点之，因为好吃，我便留心请教它的家常做法。不想，试验还挺成功。只要材料够新鲜，泡椒够劲道，过程倒是简单了。只需将蒜薹切碎，泡椒切段，鸡胗切片飞水去味。开始热锅放少许油，下入鸡胗略炒，接着放入蒜薹炒断生，放少许盐调味，再倒入泡椒炒出其酸辣味，加少许料酒与酱油，翻炒片刻即可出锅了。酸爽劲脆，麻辣鲜香，只此一盘就能管个肚儿圆了。

这个菜里，鸡胗同野山椒好像成了并列关系，不过没事的，我主要是为了说明鸡胗这个东西它特别厉害，有实力却行事低调，有团队合作精神，我爱的就是这个味，够实诚，够带劲。我爱它那是非常严肃的。

我对鸡胗的爱好可以追溯至若干年前的一个清明节，那天细雨纷纷，举目远望，山间林里似哀雾一片。不知大人们的心情如何，反正我们小孩儿家是很快乐的，能以祭祖的理由光明正大满足私底里游山玩水的愿望。

想来往年我家还是个大家族，光看我家祖宗"满山遍野"的足迹就知道了，方圆数十里，他们四处为家，给他们每一位都拜访到户的话，就得翻山越岭跑上一整天。一年去一次肯定是不能空手了，得左手一只鸡（宰好煮熟的贡品），右手一筐吃的，沉甸甸的分量表示着我们后辈们十足的诚意。但是，真累啊，这走亲戚高兴是高兴的，就是山太高，路太远了，到了午后便开始饥肠辘辘了，不得已走走停停，分吃了一些零杂吃食补充体力，一直熬到傍晚时分，又累又饿已是气若游丝，这时还剩下的就只有那个鸡了，这个再吃不像话了吧？实在是形势所迫，我在收拾东西赶赴下一站的时候发现的，在鸡的翅膀旁边，躲着一个精致完整的鸡胗，惊喜不已。它小而隐蔽，我能一手掌握，啃得那叫一个神不知鬼不觉，美味不需言传。晚上回家，我妈在篮子里翻了半天，最后狠狠地埋怨我爸一路走一路丢东西的习惯屡教难改。

第二年，这个秘密不胫而走，当天家长们均陆续加入了"鸡胗去哪儿"的体验中。唯有小伙伴们眉眼笑弯了，腰板打直了，腿脚也利索不抽筋了，风一般地相互追逐着。

鸡胗真是个好东西，为什么这么说呢？因为即便是在这种没有油盐的状况下，它一样的香不绝口，越嚼越有味，这种敢于裸味的实力跟女人能在大庭广众下裸妆似的，是需要极好的底子的。随意你佐上点什么调料搭配它，那口味便是出神入化的，比如就加些蒜瓣和酱醋吧，它的香艳程度就能大大提高一个档次，属于给点太阳就能光芒万丈的那种。

我就喜欢斋寡着吃，本色本味，或者加一点点的盐提提味，越吃越香，根本停不了嘴，这是神奇的部位，不像鸡身上别的地方，吃多了总会恶心犯油腻，它却一点也不，极干爽脆口，偷吃都不用抹嘴巴的，所以易于作案。

儿时人多鸡少，再大的鸡，胗也就那么小小一个，竞争者又太多，想吃得要斗智斗勇。早些年我妈还比较善良的时候，她经常是把整只鸡胗、鸡肝及其他的内脏与另外一些材料一起用来煮汤，目标大，随便眼神好点的只要把握先机，一捞一个准的，后面的人只剩望锅兴叹的份了。我是老大，心思比他们沉稳，意志比他们坚定，能比他们跑得快一些自然也是合情合理的。后来因小人（我弟）告密，我妈听信逸言，以为我就是仗着腿长才能经常吃独食的，然后她便改了规矩，也学精了，常常把胗切成薄薄的小片状，藏于盘子底部，面上铺满鸡腿肉块的，就想让我们忘了这一茬呢。不可能，筷子可是尖的，藏得再深，翻翻不也就出来了吗？一片、两片、三片，找到一片是一片，大家争先恐后，你死我活，杯盘狼藉，我妈脸呈铁青色，有时候公平竞技还真没有暗箱操作来得轻松受控。

不过，我总没吃过亏，之前吃独食，之后抢着吃也没落下多少，再后来大伙都懂得谦让了，又都让着我吃了。

"这个，给你吃好了。"我弟让给我一块。

"看你好像挺爱吃这个，真就有那么好吃吗？"我小妹夹给我一块。

"喏，鸡胗都在底下，你翻翻就出来了。"我妈提醒着我。

呃，这个好像节奏不太对，我怎么感觉有那么点不好意思呢？作为一个资深吃货，发现自己竟然还尚存良知这是极不妥当的，因为，这多少会影响些食欲，本来还大快朵颐霍霍生风的，忽然间心里一涩，就顿挫了。

他爹知我爱吃，也疼我惜我。他说："多吃点，以形补形，好早点去换个水果手机回来！"

我想再重申一遍，要是真爱吃的，可以不让着我，咱公平竞争一起抢，行吗？

没人搭理我。

百米糯为先

我想我与糯米在前世是有故事交集的，不然我不会对它那么一见如故、难舍难分。我对所有好吃食物的想象，都与糯米的口感相似，黏黏的，糯糯的，QQ的，弹弹的，有点儿嚼劲的东西才有可能是好吃的。

儿时看港产片，里面的富家子弟生日都要吃蛋糕。见他们把那个由华丽奶油包裹而成的巨型蛋糕切成一块块，再用叉子叉着吃，美美的样子，意犹未尽的表情，我猜里头的味道一定是黏糯的，所以才会如此可口。看情侣们在西餐厅切牛排的画面，也好生羡慕，他们慢条斯理优雅地咀嚼着，我想肯定也是Q弹爽口的，所以才会这么味美吧。

因为想得过多，当我第一次尝试到蛋糕那个软绵松散时，都要气哭了，哪个没天良的要拿冒充的东西来骗我？后来发现蛋糕它就是这么个样式的，我转而对电视演员深恶痛绝，太能假装了，恨他们如何能把蛋糕吃出我所期待的样子。牛排还稍好一些，遇到师傅手艺不精的，半生不熟的时候能有点我要的感觉，慢慢切，细细嚼，有点小意思。

只有糯米，它才能满足我对食物口感的所有要求。

糯米饭，我爸做得最拿手，虽然吃的次数有限，且在很小的时候，但是印象之深，怕是这辈子在我心中能超越它的饭食也是不多的。

我妈说，在缺吃少穿的年代里，糯米饭是招待远道来访亲友的最佳食物了，因为糯米本身稀有，平常不容易吃到，好吃之余还很管饱。确实，那时交通工具不发达，亲友往来皆靠走路，糯米含淀粉高达98％以上，不易水解，是热量消耗后能迅速补给到下一程脚力支持的理想选择。

没有客人来访的阴雨天里，是制作糯米饭的好日子，因为大人们出不了工，闲着也是闲着，小孩们一闹，那就做点好吃的哄哄肚子也无妨了。

像这种非家常的大制作，我妈从来都是退居次位甘当绿叶的。我爸淘米，她去洗锅，我爸掌勺，她帮点火，倒也配合默契。我们姐弟几个自然是最快乐的，也顾不得平日打闹的恩怨，相亲相爱地围坐在灶台前，巴巴等着吃的。

做糯米饭要用到的是炒菜的大铁锅，先把淘净的糯米放入锅里少水煮，同时陆续加入切成小段的自腌萝卜干，再拿出点腊肉剁碎，一旁准备着，等到水快干米半开花时，便是费力气的时候了，我爸从锅沿滑入香油，倒进腊肉后，要拿大铲子不停地来回翻着炒，随着米花的膨胀饱满，黏糯度增加，翻炒的难度也就加大了。这时的火势要控制均匀，如果过旺，饭就容易糊了，见他时而洒点水，时而添点油，两手来回转换，忙得不亦乐乎。随着米粒透亮、肉丁澄黄、气味渐丰郁，然后满屋飘香，大功告成。那么一大锅饭，儿时的我想要翻翻铲子的话，肯定是得重力失衡倒挂在铲柄上卜不来的，也唯有我爸这种臂力过人的才搞得定了。

肉的咸香佐以饭的软糯再配上萝卜干的爽脆，即便是在那个简陋黑漆漆的土屋灶房里，我们一家子端碗蹲着吃，也吃出了毕生难忘的饕餮美味，简直好吃到流泪。撑了个肚儿圆之后，我们一个个小的便困乏了，列着队爬上自个儿的床，就着屋檐连绵滴答的雨声梦周公去了。

随着生活条件改善，百姓餐桌上的选择更多样化了，糯米饭不再会兴师动众地去费事折腾了。我那么爱它的人该怎么活下去呢？对了，它有另一个特别的存在形式，那就是粽子了。每逢端午时节，我的家乡也有插艾条、包粽子、赛龙舟的习惯，虽各地风俗大同小异，但我们的粽子还算比较特别，与常见的三角粽造型略有区别，我们是四角的长方形样式。内容同样有咸甜两种，特别的是在粽叶包裹后会有一根芦苇制成的细长粽绳缠绕着，我常喜欢选取一条粗细适宜的成品，把粽绳拆开再分两头绑好，斜挂在胸前，再找来我妈煮饭时挡油烟所用的军绿鸭舌帽戴上，立正，稍息，然后一板一眼地带着我的弟妹们全村巡逻去了，等玩饿了，再把"枪支"解下来几口吃掉，实在是好"二"好快乐。在此要感谢古代大文豪屈原大叔，因为他的英勇无畏，才有全国人民今日端午三天假与吃粽子的好福利。

刚恋爱那会儿，他爹听我追忆过糯米的美好味道，忙附和说他妈妈对这个也很喜欢的，在家里她还常常爱做些糯米类的小吃呢。这话让我欢喜，以为吃货要遇上厨神了。

话好像不假，结婚后发现我的婆婆是爱吃糯食，自与她初次在厨房切磋技艺后，我就明白自己跟她的差距了，她那种爱才叫作真爱。

她亲自操刀的干蒸糯米饭，无佐料、零添加那种，她能津津有味，一个人吃上几大碗。我忐忑相劝，这不是米饭，吃太多可能会不舒服的。她嗔我一眼，道："没事，丫头，这不跟米饭一个样吗？妈爱吃。"

她精心打造的风味小吃糯米汤圆，用糯米粉加水揉搓而成，也是零添加，每个都乒乓球大小，满满滚开一大锅的，无色无味，见她吃得欢欣，我实在不理解吃这个目的究竟是为了什么。

我怒视他爹这个骗子，他赔着小心，说："没错啊，老太太自己是挺喜欢的！"他真没说过其他人也喜欢。

　　作为新晋儿媳，我也无法为她做点什么，唯有默默帮她准备一盒江中牌健胃消食片，愿她吃得舒畅些。

土豆洋芋那个马铃薯

鲁稻子4岁了，到了猫厌狗嫌的叛逆时期。经常是我让他坐着他就跑，我让他往东他偏向西，是得想个招来治他了。

晚餐前，只准备了米饭与土豆片，我与他商量："儿子，我们今晚上喝粥行吗？""不行！"小脑袋一甩，没得商量。

"那好，我们吃米饭。"我又继续让他选择，"那你是想吃土豆还是想吃马铃薯呢？""马铃薯，我才不要吃土豆呢，哼！"嘿，小样，还清高寂寞冷地哼了一声。

这招儿使我眉开眼笑，屡试不爽，策略的出处来自我小学班上的同桌，那是个家在镇上的"白富美"。她经常照顾来自乡下的我，主要是帮助我认识很多她见过我没听过、她吃过我没闻过的各种新鲜玩意。比如，她那次就告诉我，番茄是她最讨厌吃的食物了，她爸爸说哪天从省城给她买点西红柿回来尝尝，她觉得她肯定是爱吃西红柿的。当时真是羡慕极了，觉得她们家好有上层社会的派头。西红柿，光听名字就知道是个高雅的存在，上档次极了。

现在也就只能用来骗骗我儿这种智慧刚处于萌芽期的，那姐们后来再也没见过，不知她还记不记得这一出，反正我只要不失忆，定是没齿不忘的了。和平年代，也就指着这么几个乐子来活了。

希望我儿长大后莫要记恨我曾经常拿土豆来坑他，这其实是个好东西。更莫要听信一些不良居心人的教唆，什么"土豆拉一车，不如夜明珠一颗"这样的瞎话，夜明珠再金贵不就只能当个手电筒使使吗，一车土豆的话就厉害了，能吃到的美味可太多了。

作为零食的话，它称得上精彩纷呈。蒸熟捣碎后的土豆，加点鸡汤胡椒末是土豆泥，特别适合小儿与老人，吃到嘴里乐呵呵，情不自禁绽放出无牙的微笑。削成条状油炸的是薯条，这大概是最受人类欢迎的食品之一了吧，反正我长这么大没见过不吃薯条的。若是不小心炸弯了呢是薯卷，切大片了是薯饼，烤干了就是薯片，可谓浑身魅力，让人很难不爱它。

作为菜，它更是居功至伟。香煎土豆片、酸辣土豆丝、土豆炖小鸡、土豆烧牛肉、土豆焖排骨等均是我们百姓餐桌上的常胜将军，不可或缺。

作为主食，它也不可小觑。一大学同学是陕北的，长得质朴，入学时她脸上那两坨高原红让人过目难忘。人极善良，没相熟几天便要邀请我去她家做客，说她奶奶一定会喜欢我，必要隆重招待的。我受宠若惊问怎么个隆重法，她煞有其事，首先给我蒸一笼玉米馒头，再做一碗用白面新鲜擀出来的鸡蛋面条，还有洋芋擦擦，相信我肯定喜欢吃。我听着有点儿蒙，从不知道馒头与面条也能冠以隆重这一说法。我琢磨着洋芋好像挺高级的，问她是啥来着，她说就是土豆，她们那儿盛产的大土豆。

接下来深入认识后，明白他们那旮旯生活艰辛，这真是特好的东西了，洋芋擦擦经她的细细描述下，我仿佛也品尝到来自她的奶奶的爱心手艺。

洋芋擦擦是陕北、山西，甘肃等地的传统面食，制作原料和程序都很简单，只需将土豆切成稍粗的丝，再拌以干面粉，然后上屉蒸熟，蒸熟后稍晾干，有两种吃法：有条件的可放一点肉末加葱、姜、辣椒粒炒着吃，遵循西北菜少油不少盐的风格，这样的洋芋擦擦色泽金黄，口味丰满，淡淡的油香与土豆的清香交相融合，吃上一口，既有薯条的口感和嚼头，又有肉末红椒的鲜香；当地常见的是拌着吃的，与干拌面的做法类似，食用时，将土豆条盛入大碗，调入蒜泥、辣椒面、酱油、醋与香油，整体拌匀了便可，这样的主食也是当地人喜闻乐见的。

因为对土豆本身的喜爱，还有同学留给我的深刻印象，我后来亲自做过，程序更简化了些，炒的改成了煎的，起锅后有点土豆饼的感觉，不过味道是极好，香喷喷，不输洋快餐里面的炸薯饼。

土豆在我们家的待遇不算珍贵却也有段故事。自小我们家也种土豆，只是我妈跟玩票似的，得看她的心情。她对土豆既爱又恨，那种情绪很特别，爱是觉得味道还凑合，可做菜式也多样，恨是对于自产土豆的外形，她有一种难言的挫败感无法摆脱，种了十余年，从来没成功过，全都比鸟蛋大不了多少。

有时回老家逛逛，就是为了吃吃乡下土产。土豆无论怎么做，我都是爱吃的，不过但凡有其他选择，我妈都不爱做这个，因为太费事了，单是给"鸟蛋"刨皮这个工作就够她头晕眼花的，还容易睹物伤情。特别是她出了趟省城来看我，在市场看到过一颗颗硕大的巨型土豆后更是受了打击。作为一个庄稼人，结果是评判耕种水平的标准，像鸟蛋一样再多也是不行的，得够大才好意思抬头挺胸。

我第一次带他爹回去看她，她转着灶台忙活，准备的一堆菜不知道该做哪个才更好。他爹看见边上小菜篓里有一堆小土豆，说好久没见过这样的土豆了，很好吃的，不知道可不可以尝一下。我妈听说贵客要吃这个，第一反应就觉得这娃儿是瞎的，她买那么多有实力的大菜，他没瞧一眼，单看中这个，连忙拖我到一边悄悄密语，说做这个菜可以，但我一定不能暴露这玩意是她种的，一定不能说！看姐儿那威胁的眼神，恐怕说了真要断交的意思，那就不说呗。

那顿晚餐吃得很尽兴，在满桌鸡鸭鱼肉的豪宴里，他爹拐着弯把筷子伸向搁角落里的土豆片，吃得一块不剩。饭毕给予这道菜辞藻华丽的评价，说这应该是他离开家乡近几年来吃到最合胃口的一道菜了，随即他便问："这样品种的土豆很难得，现在都要到进口的有机商店才有卖，不知道这个是不是自家种的？"

"对对对！就是我种的，好吃我明天再做！"我妈忙不迭地抢答起来，这么多年的冤屈让他爹一句话就给平反了，她那个扬眉吐气啊，腰杆挺得笔直，谁也不能阻止她公开真相。

就是这么一句对土豆的赞美，她便心甘情愿把女儿给许了出去，还一毛钱都没有要。

富农生活之鸡蛋饼

第一次吃鸡蛋饼是在中学时候的一个同学家里，晚上自习的时候，我们常溜出去逛街。镇上热闹的街道就这么几段，走着走着，就自然会绕到她家。她家住在镇医院的家属大院里，她的妈妈很漂亮，温柔娴雅，说话轻声细语的，见到我们来也不生气，不像别的爹妈瞎咋呼，一定要给冠上个不好好学习的罪名。

她让我们坐着聊天，自己便到厨房去了。不大一会儿工夫，只闻见油香味，没听到什么大动静，同学的妈妈就端出一盘已煎好的鸡蛋面饼，并且客气地说家里没准备什么，只能让我们随便吃一点了。我所出生的南方小城，主食为稻谷，面食是很少吃到的，也不太习惯，他们家竟有面粉作为辅食居家常备，做出来的小吃香酥诱人，可见同学的妈妈是多么的心灵手巧，在半大的孩子心中，她有着菩萨娘娘般的可亲与神通。

之后我们常常有意无意就逛过去，她还给我们做过用糯米粉揉搓而成的小汤圆，与银耳一起煮成糖水，弹牙又爽口，好吃得不得了。这真是个让人羡慕的妈妈。

意外的是没过几年，我这个在家里受尽宠爱的女同学竟然早早就与人私订终身了，在差不多念高中的时候就因怀孕退学。不过也是听说而已，我并没过多了解其中缘由，只是不免会想起她的妈妈，那个面面俱到、能干良善的妈妈，如何能接受自个儿精心调教下的女儿就这么自毁前程下嫁给一个毛头小子呢？感觉就是白菜被猪拱了却无可奈何，又不能找猪算账，纵然她悲愤或恼怒，也无法如一般妇人去撒泼骂街，修养摆在那儿呢，这是我见过最坑娘的事情了。不管如何，都祝福她吧，希望她的生活至少能有一个鸡蛋饼的幸福。

能够每天都吃上一个鸡蛋饼，这个生活就还算是有保障的，起码你得有那份清闲，不至奔波劳碌，在清晨也分不出个早餐的时间给家人与自己。能在国人不够重视的第一餐里，和面中加入一个鸡蛋，总是比只能靠馒头或白粥填肚要有选择一些，日子也显得有盈余一些。

生活的进步还可以体现在鸡蛋饼里所能添加的内容上。

赤农，没有面。

贫农，没有饼。

贫下中农，没有鸡蛋。

中农，可以吃到鸡蛋饼。

富农，可以在鸡蛋饼上添加葱花、葫芦丝、土豆、芝麻、香菜等家常佐料，体验到不同的口味区别。

小资富农，富农的佐料均可选，增加肉桂粉、黑胡椒等，不过他们更喜欢加点薄荷、罗勒、迷迭香，显得形与味都与众不同一些，也更为高雅。

土豪富农，小资富农的佐料均可选，增加坚果碎、提子干，不过他们只爱吃肉，很多的鸡蛋打底，很多的培根码馅，无意间成就中国豪华版比萨。口感油腻充实，时刻流露着"我有钱"的霸王气场。

这么一分类，我也是步入富农的人了，顿感神清气爽。

我喜欢给自己做葫芦丝蛋饼，那一定是要在秋日的早晨里，迎着醒神的微风，我脚步愉快而自在。只有在这样的心情里，我才能从菜市场里精挑细选出一条清新文艺范的小葫芦瓜，把它擦成纤长的幼丝状，打两个鸡蛋进去，加面粉，放点十三香，挑点盐，少水，和匀后摊油锅上细火慢煎，等两面微焦黄便算大功告成。多省事的工序，还足以让我有耐性再费些心思切花装盘，那呈三角形的一个个成品，精致、小巧、讨喜又美味。再泡上一杯热牛奶，知足，瞬间富农变土豪了。

后　记

小时候放牛，这对我来说真是个纠结事。

我妈分任务时也闹心，我肩不能挑、手不能提、煮壶开水都靠猜的智商只能分配去放牛，毕竟与动物一起，我终是要显得略微聪明些的。

那头灰色大水牛在我们家已经待了三个年头了，记得刚来那年它才一岁多，几年后便成牛小伙儿的样了，可以说我是看着它长大的。我与我们家的小动物们感情都不错，什么小鸡、小鸭、小猫、小狗啥的，天天抬头不见低头见的，除了在门外挡路绊我脚时，我会送上一脚外，其他时间都能和睦相处，时不时我还会把碗里面的饭悄悄扒拉下来一点与它们分享，放学回家的乡间小路上，采个什么山花野草的也会给棚里的大牛送去，看着它舌头一卷津津有味地吃着，我觉得我们都是好朋友。

我与大牛的友谊是在我妈的分工后破裂的。

大周末，小伙伴们早早便来敲门，他们约我上午去摘染指甲的红酱果，中午玩过家家，下午去河里玩踩水。而我，竟要去放牛。

我与牛提议，可不可以吃快一点，我好完事了上山追他们玩去。它没听我的，还是不紧不慢、有条不紊地嚼着。

我与牛商量，或者先吃个早餐，中午我回来再带它出来吃一点？不等牛点头我自己便放弃了，因为我妈她肯定是不同意的。

我耐着性子等啊等，目光朝着牛肚子看，怎么看那儿都是瘪的，我才知道原来牛是个大胃王。看着时间已经从上午接近中午了，盘算着小伙伴们应该开始准备过家家的道具了，我想着上回用塑料片好不容易粘好的假钱包这次没机会显摆了，真是懊恼。

经过一条小溪时，大牛顺势喝起了水，一喝还来劲了。它可别喝撑着，我紧了紧缰绳，往后拉了拉，无意看见那一直瘪着的肚子已经鼓胀起来了。太阳正当午，晒得我头昏脑涨，我看这个撑起的肚子可亲了，可以回家玩去喽。

牛不情不愿，被我拉着一步三蹭的，但凡路过嘴边的它都想试尝一口，我不得不苦口婆心教育它："做牛这样是不行的，吃饱了就该好好走路。"不知道它是不是不爱听，反正它猛地站定，牛头后仰，把我扯了个趔趄，自顾自当众拉开了，一点也不讲究文明卫生，便随地大小便了。

它神色坦荡办完了大事，紧接着就低头找吃的，一看它那肚子，又瘪了。我觉得我对它已是仁至义尽，吃了当白吃，不带这么玩的，我气呼呼地拉着它就走，直到牵回家拴棚里。

饭后出去玩，屋后转角处，我看到它瞥向我时那幽怨的眼神及瘪瘪的肚子。两个小时的过家家，我玩得心事重重，虽然大牛早上对我是不太厚道，而要它一直这么饿着，我又于心不忍，但是如果我去放它，又得用多长时间它才会饱啊，我真是纠结到近乎内伤的程度，差一点就影响日后长高了，好险啊。

耗到下午时分，我还是去放它了，虽然不情不愿，我还是一直盯着它那瘪瘪的肚子，但心安理得，没有亏欠的罪恶感了。

第二日，昨天的纠结折磨反复如故。任务制的结果导致我与大牛相看两厌，结下了我与它势不两立的梁子。

自年中出版社与我约定交稿日期，让我突然想起了大牛，我琢磨着码字与放牛之间的关系是不是有些异曲同工。截稿日期越来越近，我数着字数，度日如年，这个磨人的场景似曾相识，很像大牛的那个瘪肚子，怎么都填不满，我想给它灌点水，也是徒劳无功。

编辑老师在招呼，问："最近都在写的吧？"

"写呢，真在写，就是有些龟速，与选题内容无关的，我文思泉涌。"就如现在，叨叨几句，只是心虚，吐了个槽，便又废话连篇了，相当于大牛当年放了个屁，又耗了半天光阴，毫无进益。

如今回想，我对不起大牛。

自问我在过程中为什么会如此"龟速"呢，我猜是因为我太看重这个题材了吧。对于一个资深的吃货，我简直处心积虑，有太多黑暗秘密要诉说，但我又怕我说出来对不起这些年在锅碗瓢盆中浪费的油盐。另外，我要标榜我是个热爱生活的人，虽然这爱略显得随意了一点。

他爹看了几页草稿，便往我胸口撒盐坨子了，说整那么多神五神六干啥，人家都是教人怎么做菜推荐别人怎么品味呢，看我东拉西扯的都是什么乱七八糟，又得让人家书店闹心上架的事了吧。

是的，他是在提醒要我长记性呢，上一年我写了本育儿书，我儿两岁以前的青春让我给卖了，完全是挂羊头卖狗肉，没啥正经，教人生娃的事，光扯闲话去了。听说人家上架时都不知怎么归类了，到底是科学育儿呢还是都市情感，又或是笑话合集？经办人都要崩溃了。不过后来经江湖上反馈，虽然大伙奔着生娃去的，找不着秘籍，却在治疗孕前产后抑郁上超有功效，书到病除，杠杠的。嘿，歪打正着吧，我这玩票的还客串了把专业的。

虽然看起来我是给大伙造成了困扰，智慧水平有限是我的硬伤，但也进一步说明我是个有创新精神的人啊。如果说不会扯闲嗑的妈妈不是一个好厨子，按这个标准看，我还是一级棒的。当然我也不会因此就傲娇了，请同学们给我点时间，赶明儿我去新东方与蓝翔各学半年，回来便可以用挖掘机操控锅铲炒菜了。到那个时候，你们就瞧好吧，我不单可以跟你们扯扯笑话涮涮锅，还可以跟大伙谈谈人生说说上帝了。到时咱就不低调了，直接上架到畅销书NO.1里头去了。

咳咳，说点儿正经的。要写这个的念头其实在我脑海里叨扰好几年了，一直到今年下笔试写，颤颤巍巍的。蒙友人们抬爱，说还有点小意思，多少增加了我的信心，从而通篇把它给憋了出来。在这里面，我自信珍珠是存在的，但沙子肯定也难避免，所幸诚意一直都在，沙子掺不进水，就算瑕疵，也是货真价实的，愿您能够感知，我所有怀旧的终极都是在怀念纯真与美好，关于心底里的美味，证据永远不足，回忆还要继续上诉。

美食于我是一种生活方式，更是一种口欲鸦片，尤为珍贵，必不可少。古人有言："食无定味，适口为珍。"适合口味的菜品，大概便可以被称作美食。而我所理解的美食范围就更广了，因为适合我口味的东西尤其多。说句不要脸的话，这世上就少有我不爱吃的东西，除非真无法入口的，区别只在于，极度爱吃与比较不爱吃，终归是来者不拒的。

我看世界无限大，生命无限长，唯有心头好的那一口不可辜负。总是相信，只要活着，就能遇上好吃的。

我还要做使用挖掘机操控锅铲做菜第一人呢，谁说不可以的？世界上所有的成功，不都是因为坚持与热爱吗？

我要与大牛一起继续努力！